KB049868

눈 에 보이지 않는 것들

눈 에
보 이 지
않는 것들

초판 1쇄 발행 2024. 3. 15.

지은이 박상서
펴낸이 김병호
펴낸곳 주식회사 바른북스

편집진행 김재영
디자인 배연수

등록 2019년 4월 3일 제2019-000040호
주소 서울시 성동구 연무장5길 9-16, 301호 (성수동2가, 블루스톤타워)
대표전화 070-7857-9719 | **경영지원** 02-3409-9719 | **팩스** 070-7610-9820

•바른북스는 여러분의 다양한 아이디어와 원고 투고를 설레는 마음으로 기다리고 있습니다.

이메일 barunbooks21@naver.com | **원고투고** barunbooks21@naver.com
홈페이지 www.barunbooks.com | **공식 블로그** blog.naver.com/barunbooks7
공식 포스트 post.naver.com/barunbooks7 | **페이스북** facebook.com/barunbooks7

ISBN 979-11-93879-23-8 03810

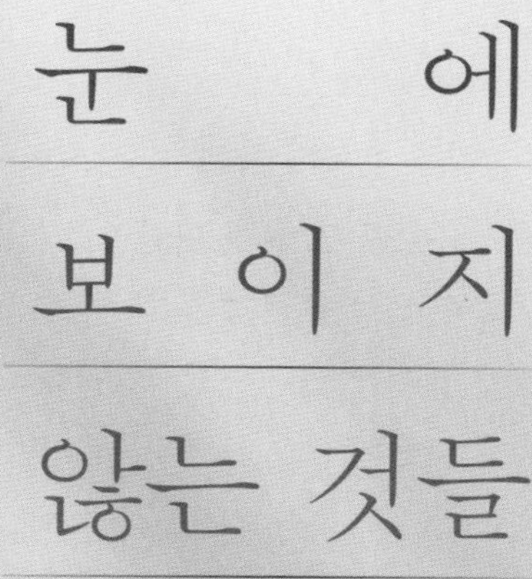

눈에 보이지 않는 것들

박상서 에세이

소중한 첫걸음과 함께하는 믿음이 미래의 여백을
눈에 보이지 않는 행복으로 채워줄 것입니다.

바른북스

머리말

심심한 술안주로 수다나 떨 얘기들과
목에 핏대 올리면서 떠들다 소소한 반론에 입을 닫는
소심한 개똥철학 같은 내용을
굳이 책으로 펴내서 세상에 쓰레기를 더하는
우를 범하는 것 같아 두려울 따름입니다.

아내가 세상을 떠난 뒤 낯선 현실이 주는 이질감과
아무것도 할 수 없는 무력감은
무엇에 얹힌 것 같은 알 수 없는 답답함과
표현할 수 없는 불편함을 더해
무엇을 하고 있는지 무엇을 보고 있는지
무엇을 생각하고 있는지 알 수 없는 어둠이었습니다.

머릿속을 떠도는 단어들을 하릴없이 종이 위에
그저 끄적거리면서 위로받고 지우고 다시 쓰고
맘에 안 들면 딱 맞는 단어 하나 찾아 며칠간 멍하니
헤매는 것이 유일한 위안이었습니다.

종이 위에 흩어져 있는 단어 하나하나를 모아
글이란 것을 만들어 가면서 텅 빈 가슴과 정리 안 된
머릿속을 떠다니는 조각난 감정과 생각들은 조용히
자기 자리를 찾아갔습니다.

처음에 왜 그런 단어들이 떠올랐는지 모르겠지만
글이 되고 나니 보이지 않았던 것들이 보였습니다.
보이고 나서 답답함은 사라지고
막막함은 해소되고 무력감은 멀어졌습니다.
낯선 깨달음에 현실을 잊는 행복도 누렸습니다.

뜬금없는 얘기들과 공감하지 못하는 얘기들
어설프고 말도 안 되는 논리로
어디서 주워들은 얘기들을
같잖은 소리들로 마무리하였습니다.
햇빛 아래서 감추고 싶은 글이 될까 두렵지만
까짓것 못할 것도 없어 용기를 내었습니다.

첫째 민정과 둘째 규영
그리고 저의 1호 팬인 아내 서은주에게
이 책을 바칩니다.

"20240125"

목차

인연

소중한 첫걸음과 함께하는 믿음이 미래의 여백을

눈에 보이지 않는 행복으로 채워줄 것입니다.

"20240127"

삶

수고가 수고스럽지 않은
삶을 위하여

단순

가장 단순한 것이 진실일 가능성이 높다./윌리엄 오컴

구구절절 얘기한다고 동의할 것도 아니다.
오히려 간결하게 얘기한다면
그것에 귀를 기울여 보는 것도 좋은 방법이다.
물론 그중에 통치는 개소리도 있다.

단순해야 오래 살아남는다.
살아남는 것이 진리다.

이야기를 너무 단순화시키면
중요한 진실이 희미해지거나 아예 사라져 버린다.

세상만사 가능한 한 간결해야 하지만 너무 간단해서는 안 된다./아인슈타인

"20230511"

결혼

행복한 결혼에서
의존은 지배와 복종을 낳고
궁극적으로 부부관계를 와해시킨다.

지배적인 관계는
서로에게 상처만 남길 여지가 크다.
스스로 지배적인 관계를 자초하는 배려는
나중에 배신으로 돌아온다.

우리나라 여성들에겐
관계주의 속에 개인으로 살기보다는
개인주의 속에 관계로 살아가는 게
숨통은 트인다.

"20220511"

장인 정신

이웃 나라 일본과 비교해
우리나라의 장인 정신이 부족한 것은 사실이다.

'장인 정신'은
왜 예술인에게만 해당된다고 생각하는가?
학문은 머리로 하고
결과는 동료의 인정과 검증을 받아야 하지만
예술 작품은 자기 검증으로 끝나는 것이라
근본적으로 격이 다르다는 것인가?

'맡은 분야에서 책임을 다하는 것이 태어나고 살면서
이 사회에 진 빚을 갚는 길'이라 생각하는 것이
왜 학문과 예술에 달리 적용되어야 하는가?

정말 좋아해서 그리고
할 수 있는 것이 이것뿐이라는 절실함 속이라면
주위 눈치 안 보고 꾸준하게 할 수 있고
그리고 성공할 수 있다.

앞을 보지 않고 너무 곁눈질을 자주 한다.

"20230801"

여자와 남자

인간에게 이해한다는 말은 어울리지 않는다.

남자와 여자는 서로의 차이가 많다.
우열이 아니라 많이 다르다.

일을 할 때 보면
여자 남자 특징이 나타난다.
여자는 디테일한 것을 추구하는 성향이 강하고
그런 과정을 즐기는 성향이다.
남자는 단순하게 목표 지향적이고
비전을 성취하는 것을 즐긴다.

여자에게 있어 디테일한 과정도 없이
단순하고 목표 지향적인 남자가 위험해 보이고
남자에게 있어 명확한 목적도 없이
사소하고 디테일한 것에 집착하는 여자가 답답해 보인다.

서로가 다르지만 서로에게 필요한 존재들이다

"20230807"

편견

어떤 사람이 수레를 끌고 언덕을 올라가고 있다.
젊은이가 뒤에서 수레를 밀고 있다.
젊은이에게 물었다.
"앞에서 수레를 끄는 분이 당신 아버지입니까?"
"네."
이번에는 앞에서 수레를 끌고 있는 분에게 물었다.
"뒤에서 수레를 미는 젊은이가 당신 아들입니까?"
"아니오."

직접적인 경험 없이 마음속에 이미 가지고 있는
주관적인 생각을 선입견이라 하고
공정하지 못하고 한쪽으로 치우친 생각을 편견이라 한다
둘 다 모두 주인이 생각의 먹이를 줘 키워온 견(개)이다.

선입견과 편견의 두 마리 개를 지금 키우고 있다면
과감하게 먹이를 주지 말아야 한다.

"20230815"

글씨

글씨가 사람을 만든다.

글이 아닌 글씨가 어떻게 사람을 만들까?
한자는 예술의 한 분야로 '서예'가 있다.
한글도 그림 같은 예술이 가능한 독특한 글자다.
서양에는 서예라는 것이 없다.

요즘 들어 로마자 알파벳도 서예를 하는 곳이 있지만
서양인들에게는 아직 '왜 이런 걸 하지?'라는
의문이 많이 드는 모양이다.

사람마다 글씨를 쓸 때 독특한 글씨체가 있다.
이 글씨체로 사람의 특성을 알아낸다 한다.
더 나아가 좋은 글씨체를 꾸준히 연습하여
성격이 변해가고 그래서 운명이 바뀌는 것을
체험한다고 한다.

요즘은 컴퓨터에 타이핑하는 것이 더 많다 보니
운명을 바꾸는 도구가 한 가지 줄어든 것 같아 안타깝다.

"20230817"

거인

모두 거인일 필요는 없다.

뉴턴은 거인이다. 승부욕도 대단했다.
그런 그가 "거인의 어깨 위에서 멀리 보라."고 했다.

이 세상에 혼자 힘으로 되는 일은 드물다.
젊을 때 또는 한때의 착각이다.
알게 모르게 남의 도움으로 이뤄지는 게 많다.

혼자의 노력으로 뭔가 이루었다고
진정으로 믿는다면 그렇게 생각하라.
그렇게 믿으면 멀리 보지 못하고 멈춘다.
능력을 썩히는 것은 죄악 아닌가?

남의 도움으로 더 멀리 볼 수 있고 좀 더 발전하려면
그렇게 인정하는 게 좋다.

뉴턴도 인정했다.
그대가 뉴턴보다 더 뛰어난가?

"20230717"

길

인생에 정답은 없지만 길은 여럿 있다.

다른 사람이 걸어갔던 길도 있고
아무도 가지 않았던 길도 있다.
넓은 길, 좁은 길, 굽은 길, 막다른 길, 언덕길
많은 길이 있다.
때로는 길이 아닌 길도 있다.

인간은 길을 잃은 적이 없다.
짧은 길을 가든 길이 아닌 길을 가든
어쨌든 길을 간다.

길을 잃고 헤맨 적이 없다.
길을 두고 헤맨 적은 많다.
길이 안 보인다고 길을 잃은 것도
길이 없는 것도 아니다.
그냥 다른 사람이 갔던 길이 안 보일 뿐이다.
때로는 길이 아닌 길을 가야 할 때도 있다.

앞길은 낯선 길이고 안 보일 뿐이다.

"20230505"

자신감

칭찬은 고래도 춤추게 한다.
칭찬은 자신감을 찾게 하고
자신감은 에너지를 증폭시킨다.

그러나 과한 자신감은 이성을 마비시킨다.
마약을 한 것처럼 과한 드라이브를 건다.
어쩌다 결과까지 좋으면
세상일이 우습게 보이고
못할 것은 없을 것 같다.

자기 능력으로 모든 것들이 잘되고 있고
주위의 모든 것들은 그냥 자기에 기대서
살아가는 기생충으로 여긴다.

폭주가 시작되고
선을 넘기 시작한다.

"20230517"

문제 I

인생에 정답은 없다.

사람은 인생을 살면서 수많은 문제를 만난다.
문제를 풀다 보면 어느새 종착역에 도착한다.

주관식일까? 객관식일까?
정답은 있는 것일까?
인간 기준에 따른 궁금증이다.

그때는 맞고 지금은 틀리다.
그 사람에게는 맞지만 저 사람에게는 안 맞다.
그곳에서는 맞지만 이곳에서는 다르다.
인생에 정답은 없을 것 같다는
합리적 의심이 든다.

정말 정답이 없다면
답이 여러 개일 확률이 높다.
인생에서 만나는 문제는 푼다기보다
걸어가야 하는 '길'이기 때문이다.

"20220917"

문제 II

정답은 항상 내 옆에 있다.

순간순간 우리는 인생의 갈림길에서
이 길로 갈까 저 길로 갈까 고민한다.
어느 하나를 선택하고
또 나만의 문제를 풀어간다.
길을 가다가 보면 또 다른 샛길이 나오고
강도 나오고 길이 없어지기도 한다.

지나고 나면 깨닫는다.
내가 가고 있는 길이
정답이 아닐 수도 있다는 것을.
그리고 정답이 여러 개일 수도 있다는 것을.
그리고
정답은 내 옆 가까이에 있다는 것을
마지막으로 깨닫는다.

"20220918"

정답

정답을 찾기보다는 만들어 가야 한다.

인생에서 어차피 정답이 없다면
목표가 정답이고
그렇게 살아가면 된다.
정답이 무언지 고민할 필요도
찾느라 고생할 필요도 없다.

힘들다거나
불가능하다고 생각된다면
궤도 수정을 하는 것이
부끄러운 것도 아니다.

정답을 알고 있다고
항상 정답을 이끌어 내는 것이
가능한 것도 아니지 않은가?
하물며 정답이 없다는 인생에서
궤도 수정이 뭐 그리 부끄러운가?

내가 사는 길이
나에게는 정답일 수밖에 없다.

"20220922"

1차 화살은 언제나 누구나 맞을 수 있다.
2차 화살은 사람에 따라 모두 다르다.

1차 화살은 맞을 수밖에 없다.
신이 쏘는 화살이기 때문이다.
2차 화살은 피할 수도 있고 맞을 수도 있다.
사람이 쏘는 화살이기 때문이다.

1차 화살 안 맞은 사람은 없다.
다 맞으니 억울해할 필요 없다.
2차 화살은 억울할 수도 있다.

'착하게 살았는데 왜 이런 시련을 줄까?'
사람은 큰 시련이 닥쳤을 때
하늘을 보며 항상 이런 원망을 한다.

다가온 시련은 누구나 모두 맞을 수 있는
1차 화살이다.
신이 쏜 화살이니 당연히 그럴 수 있다.
'그럴 수 있다!'로 반응하면 2차 화살은 피할 수 있다.

"20220925"

생명과 본능

삶이란 B에서 D 사이의 수많은 C이다./사르트르

사람은 태어날 때
자기 의지와 선택에 상관없이
생명과 본능 그리고 양육 환경이 주어진다.

살아가면서 이 모든 것을
자기 의지와 선택으로
바꾸거나,
부족한 것을 채우거나,
넘치는 것은 버리거나 한다.

수많은 C(선택)는 수많은 결과를 낳고,
그 수많은 결과는 또 선택을 낳고
의지가 원인이 되어
돌고 돌아 흘러 흘러
인생은 복잡해지다가
한결같이
죽음에 다가간다.

"20220923"

모순 I

모순은 인간 세상을 지배하는 유일한 진리다.

온갖 비효율성과 무지, 문제, 어리석음, 낭비 등이
인간의 생각과는 반대로
모순의 창과 방패처럼 인간 세상을 지배한다.

인간의 얄팍한 양심에 배반당했다고,
모자란 머리로 이해되지 않는다고,
이 비열한 세상은 거짓이라고
울분을 토하기보다는
모순이 지배하는 세상이라는 것을
머리보다 가슴으로 받아들이면
세상이 달라 보인다.

모순이 없으면 죽은 세상이다.

"20220923"

모순 II

인간이 자연과 모순이 없는 상태가 죽음이다.

삶은 모순이다.
생명은 끝없는 투쟁이다.
투쟁은 모순에서 나온다.
따라서 주위와의 모순이 생명을 불어넣는다.

인간이
주위의 자연환경과 열적 평형 상태에 이를 때,
즉 서로의 불일치가 사라지는 순간이
죽음이다.

생명은 주위 환경과 모순이 가장 큰 상태로 태어나
점점 나이가 들어가면서 모순이 사라지다가
어느 날 자연과 모순이 없는 평형에 도달하고
죽음을 맞이한다.

"20220923"

모순 III

인간이 자연과 열적 평형 상태가 죽음이다.

자연과 모순이 있어
인간과 자연 사이에
열적 평형 상태가 아니라면
인간은 아직 살아있다.

엔트로피 증가법칙에 따라
끊임없이 무질서도 최대치를 향해서
평형 상태를 향해서 달려갈 것이다.

우리 몸속에는 생명력이 있다.
천천히 연료처럼 소모되면서 살아간다.
극한적 외부 상황에서는
급격한 모순을 줄이기 위해
엄청난 생명력을 소진해야 한다.
생명력은 질서도가 최대치다.
이것이 사라지면
무질서도가 최대치에 도달하면서
죽음을 맞이한다.
적당한 모순은 생명의 활기참을 느낄 수 있다.

"20220923"

지각된 자유(Perceived Freedom)

인간 행복의 제1 조건은 지각된 자유다.

우리에게 지각된 자유가 부족하다.
자유란 겉으로 보기에는 아름답지만
현실에서는 겁나고 힘든 것이다.

스스로 고민하고 선택하고 그 책임까지 져야 한다.
그런데 자유를 외치면서 책임은 지기 싫어한다.
그래서 자유를 원하지 않는 사람이 많다.

책임은 나 아닌 다른 사람이 져야 하고,
나는 자유만 누리길 좋아한다.
주어진 자유만을 누린 결과가 아닌가 싶다.

스스로 고민하고 선택하는 것이 귀찮고 무섭고
이것이 지나치다 보면
내 길을 남이 결정해 주는
전체주의에 동조하게 되고
독재에 무감각해진다.

"20220930"

예술과 과학

자연은 인자하지 않다(天地不仁).

인생은 예술과 많이 닮았다.
예술은 인생의 모순을 표현한다.
인생은 과학적 효율성과는 거리가 멀다.
과학은 자연의 일치성을 표현한다.

인생과 삶은 모순덩어리다.
쓸데없고 어리석고
낭비처럼 보이는 짓을
너무 많이 한다.

과학은 자연과 일치성에서 희열을 느끼지만
대체 신이 정말 있는 건지 의심스러울 만큼 잔인하고
인정 없는 일들과 모순된 일들이
이 세상에서 다반사로 벌어지고
과학은 모른 체한다.
알면 과학이고
모르면 예술이라 한다.

"20221002"

인정욕구

인간은 '인정'받으려 산다./헤겔

요즘 세상에서 더 잘 실감이 난다.
SNS를 통한 허세나 과시욕 등은
모두 남들로부터
'인정'받고 싶은 인간의 욕구를
잘 반영한 특징 중 하나가 아닌가 싶다.

요즘 세태가 예전에 비해
특별히 '인정'에 목을 매는 것은 아니고
예전에는 이러한 자기 과시나 허세를
보여줄 시간과 장소가
아주 한정되었던 것에 비해
요즘은 실시간으로
보다 많은 사람들과
SNS 소통이라는 방법을 통해
보여줄 수 있기 때문에
더욱더 잘 드러나는 것 같다.

"20221005"

엔트로피 I

생명은 '음의 엔트로피'를 먹고산다./슈뢰딩거

인간을 노화와 죽음으로 이끄는 것은
'엔트로피(Entropy: 무질서도) 증가법칙'이다.
열역학 제2법칙에 해당되는 것인데
지금까지 인류가 발견한 이론 중에
앞으로도 사라질 것 같지 않은 이론 중 하나다.

생명체 탄생은
엔트로피가 감소하는 것처럼 보이지만
시간이 지남에 따라
주변계의 엔트로피를 증가시키며
전체적으로 끊임없이 엔트로피가 증가한다.

시간의 화살은 미래로 한 방향으로만 흐른다.
인간의 삶도 시간과 함께 흘러간다.
생명 자체도 엔트로피 법칙을 역행하는 것이고
죽음도 엔트로피 법칙에 순응하는 것이다.
진화와 엔트로피는 서로 적이 되는가?

"20220908"

팩트와 임팩트

우연한 작은 사실 하나를 시작으로
창조적 발상 그리고 믿으려는 의지가 더해져
가짜 현실을 만들어 낸다./월터 리프먼

'이 세상을 바꾸는 것은 팩트가 아니라 임팩트다.'
가짜 뉴스는 이러한 신념하에서 만들어진다.
널리 퍼뜨려서 뭔가 얻어가는 세상 아닌가?

'팩트는 더 이상 가치가 없다.'
팩트의 가치는 그렇게 가볍지 않다.
팩트의 가치는 그 자체다.
사실 팩트는 무미건조하다.
팩트의 아주 일부분으로 만들어지는 것이
가짜 현실이고 가짜 뉴스이다.

꼬리가 몸통을 흔드는 세상이니
이런 말도 나오는 것 아니겠는가?

하나만 알고 둘은 모르는 신념이
또 얼마나 이 세상을 더 오염시킬 것인가?

"20220907"

확률인생 I

도박은 사람이 만든 확률게임이다.

사주팔자는 사람마다 다 다르고
때로는 사주팔자가 같을 수도 있다.
그런데 사주팔자가 같은 사람도
사는 모습은 다 다르다.

사주팔자가 똑같이 안 좋은
두 사람이 있다고 하자.
'사주가 안 좋다.'라는 말은
나쁜 날이 좋은 날보다 많다는 뜻이다.

어쩌다 좋은 날에만 움직이고
나쁜 날에는 조용히 있었다면
그 사람은 좋은 결과를 냈을 것이다.
그러나 아마 운세 나쁜 날에
움직였을 확률이 더 높았을 것이고
따라서 나쁜 결과가 나올 확률이 높다는 얘기다.

"20231110"

확률인생 II

인생은 신이 만든 확률게임이다.

시시각각으로
삶의 길 좌판대 위에서
인생 확률게임을 만난다.

개수만 다를 뿐
신은
'좋은 날'과 '안 좋은 날'은
반드시 섞어서 만들었다.
어느 한쪽만 있는 사주는 없다.

도박도 마찬가지라 생각할 수 있지만
도박은 100% 사기라 확률게임과 다르다.
도박은 신이 아니라
사람이 만든 것이다.

"20231110"

나중에

"It's now or never." 또는
"There's always next time."

지금이 지나고 나면 나중이 있을까?
일반적으로 있을 수도 있고, 없을 수도 있다.
"It's now or never."는 홈쇼핑 광고나
나이든 세대에게 맞는 말이다.
"There's always next time."은
자라는 세대들에게 알맞다.

인생은 짧다면 짧고, 길다면 길다.
어쩌란 말인가?
서두른다고 안될 일이 되는 것도 아니고,
그렇다고 될 대로 되라고
여유를 부릴 만큼의 시간이 있는 것도 아니고…

Hakuna Matata 〈 Let it be 〈 Que sera sera
〈 Whatever will be will be 〈 Carpe diem

어차피 닥칠 일, 지금 하지 뭐. 죽음 빼고…

"20231109"

하고 싶은 것

생각이 우리 행동의 범위를 정한다.

인생에서 능력과 열정이
모두 최대치를 같이 기록할 때는 드물다.

할 수 있는 것과 하고 싶은 것 중에
어느 것을 해야 할까?
먼저 우리의 생각을 바꾸는 것이 좋을 듯하다.

'하고 싶은 것'이라고 머리에 떠올리는 순간,
'하고 싶은 것 = 할 수 없는 희망 사항'이다.
'하고 싶은 것 = 할 수 있는 것'으로
뇌 회로를 부단히 훈련시키는 것이 우선이다.

뇌 회로를 이렇게 훈련시켜도
그중에 실제로 실행하는 것은 얼마 되지 않는다.

"20220721"

축복

결혼은 엔트로피가 낮아지는 걸까?

남녀가 만나 한 쌍을 이루는 경우에
안전성이 증가함과 동시에
각 개인의 자유는 감소한다.
엔트로피가 감소한다.
축복의 선물이다.

엔트로피가 감소하는 경우는
생명체의 탄생과 성장할 때다.
결혼은 생명체다.
생명체가 탄생하고 성장하는 것은
엄청난 질서도를 수반한다.

생명체는 주위와 물질과 에너지를 교환한다.
생명체의 탄생과 성장은 엔트로피가 감소하지만
주위 엔트로피는 엄청 증가해서
총량으로는 반드시 증가한다.

"20231107"

타인의 가치판단

내가 먹고 싶은 메뉴를 시키지 못한다.

우리는 남의 눈치를 많이 본다.
어느 심리학자가
무슨 관계주의라고 얘기하는데
한국에서 살아가려면 그렇게 순화해야 한다.
안쓰러워 보였다.

자아 비판적으로 한국인을 얘기하면
악플 세례가 쏟아진다.
"혼자 잘났다." "누워서 침 뱉기다."
"가정 교육을 못 받았다." "생긴 게 괴물 같다."
엉뚱한 인신공격까지 한다.

타인의 가치판단에서 벗어나야 한다.
남들이 모두 '예스'라고 얘기할 때
혼자 '노'라고 얘기할 줄 알아야 한다.

'X이 더러워서 피하지 무서워 피하냐?'
딱 맞는 얘기다.

"20230721"

사실판단과 가치판단 I

사실판단 위에서 가치판단을 행한다.

요즘은 판단이 너무 빠르다.
사실판단도 하기 전에
이미 가치판단을 한다.

사실판단은 의식적인 노력이 필요하다.
행하기가 힘들다.
대신 가치판단은 쉽다.
행하기가 쉽다.

엉뚱한 사람들이 다친다.
악플을 달고 카타르시스를 느낀다.

나중에 사실이 판명되어도
뱉은 말에 대해 책임질 만큼의 용기도 없다.
그냥 외면한다.

세상은 그렇게 오염되어 간다.

"20220721"

사실판단과 가치판단 Ⅱ

사실판단과 가치판단이 섞이면 진실이 사라진다.

정치판이나
사기꾼 수법은 서로 닮았다.

TV에 나와서 세 치 혀로
이리저리 말을 잘한다고
스스로 우쭐대는 사람들을 보면 특징이 있다.

대단히 불리한 사실이 나오면
사실판단과 가치판단을 섞어버린 후에
불리한 입장이 되었던 사실판단에서 벗어나서
엉뚱한 가치판단으로 시선을 돌리게 한다.
시간이 촉박하니
진행자는 그대로 넘어간다.

그걸 잘한 짓이라고 우쭐댄다.
감탄하는 모자란 시청자도 같이 도매금이다.

"20220721"

시작과 끝

괴로운 시간은 짧고 빨리 지나가고,
행복한 시간은 길고 오래도록 지속되기를…

시간의 왜곡은
우리 뇌의 단순한 착각이 아니라
실제로 일어난다는 것을
100년 전에 벌써 알아낸 천재가 있었다.
아파트 1층의 시간은
10층의 시간보다 느리게 지나간다.

천사들이 산다는 높은 하늘에서는
시간이 빠르게 흘러가고,
뜨거운 지옥불이 있는 지하 세계에서는
시간이 천천히 지나간다.

우리의 바람과는 정반대로
행복한 시간은 빠르게 지나가고
힘든 시간은 아주 느리게 지나간다.

"20230722"

익숙함

인생에서

우리는 얼마나 세상을 이해하며 살아갈까?

반복된 눈 맞춤과
짧은 고민,
얇은 생각과
가벼운 의무감은
'익숙함'을 '이해'로 포장하여
이 세상의 소중한 선물로 보내주었다.

정말 '이해'라는 것이
이 세상에 있다고 생각하는가?
'익숙함'만이 있을 뿐이다.

"20230402"

기도빨

기도빨이 있을까?

신이 사람을 처음 만들었을 당시에
신의 보살핌 속에서 살았을 것이고
그러다 보니 기도를 하면
소위 기도빨이 있었을 것이다.

이제 인간들은 자기들만의 언어를 가지고
자기들 스스로 만든 테두리 안에서
지지고 볶고 하면서 살고 있다.
더 이상 신이 끼어들 이유도 없고
필요도 없어졌다.

사람도 자식이 어릴 때에는 돌봐주지만
성인이 된 자식의 삶에
이러쿵저러쿵 끼어들지 않는다.

신이 들어주는 기도빨은 없다.
그저 마음의 평화를 얻을 뿐이다.

"20230401"

납득

이해는 하지만 납득은 못 한다.

'이해했다'는 말은
'상대방이 하는 말의 내용을 알아들었다'는 뜻이다.
사실 인간의 '이해한다'라는 행위는 인정할 수 없다.
'익숙함'의 착각이라 하는 게 맞다.

어찌 되었건
'어떤 사건에서 네가 한 행동이 무엇인지 알겠다.
그런데 왜 그렇게 했는지 납득이 안 간다.'
이렇게 구분하는 게 일본식이라 하는데
우리 방식이 좀 뭉뚱그려서 하는 것 같다.

대부분 다른 사람의 삶을 '이해'하지 못하면서
'납득'을 한다는 사람이 많다.
특히 영웅들에 대한 무조건적인 지지를 보낼 때
우리는 많은 오류를 범한다.
'이해'와 '납득'을 구분하지 못해서…

"20230305"

기적

살아있음에 기적이 있다.

기적은 삶 속에서만
의미가 있는 것일까?
언젠가는 죽음과의 싸움에서
질 것이 확실하지만
그럼에도
지금 살아있는 것이 기적이다.

"20230306"

모르는 게 약?

아는 게 힘이다.

법치국가에서
나도 모르게 범죄를 저지르고
나도 모르게 범죄에 당한다.

상식적으로 불리하면 법대로 하잔다.
결국 비상식적인 사람들이 모여서
살고 있다는 얘기다.

법치주의라는 것이
'다수 속의 개인 성악설'에 바탕을 두고
나쁜 짓 못 하게 이런저런 법을 만들다 보니
무심코 한 행동이 법을 어겨
나도 모르게 범죄인이 된다.

아는 게 힘이다.

"20230224"

아는 게 힘?

모르는 게 약이다.

법을 아는 사기꾼은 못 잡고
선량한 시민을 잡는다.
욕이 목구멍까지 올라온다.

자본주의 국가에서
아는 게 돈이고
아는 게 힘이고
아는 게 권력이다.

문제는 어설프게 아는 것이다.
어설픈 앎이 착각과 신념으로
이어지면 다른 사람이 다친다.

차라리 모르는 게 약이다.

"20230223"

기찻길

우연히 잘못 탄 기차가
때로는 목적지에 데려다준다.

우리는 인생의 목적지를 알고
인생기차 티켓을 구매하는 걸까?
티켓은 언제까지 유효할까?

신이 깔아놓은 레일을 타고
출발하자마자 종착역을 향해 달려간다.
어떤 사람은 얼마 가지 않아 바로 내리고,
또 어떤 사람은 먼 길을 달려 종착역에 내린다.

365일/년 속도로 달리는 기차에
수시로 사람들이 타고 내린다.
무심히 기차는 달린다.

잘못 탄 기차가 어디 있겠는가?
각자 기차 다른 칸을 타고
다른 역에서 타고 내릴 뿐이다.

"20230222"

아들과 딸

남자들만이 사는 지구와
여자들만이 사는 지구 중에
어느 쪽이 환경 오염이 심할까?

딸들 흉을 보겠다.
지나간 자리에는 머리카락이 남는다.
거실이든 침대든 욕실이든…
머리라도 짧게 자르면 안 될까?
자기들 몸은 깨끗한데 주위가 더러워진다.
명백한 환경 오염이다.
대신 주위 청소는 잘한다.

아들들 칭찬을 하겠다.
이런 환경 운동가가 없다.
물을 아끼느라 잘 씻지도 않는다.
땀 냄새가 쉰 냄새로 바뀐다.
추리닝 하나로 사시사철을 버틴다.
살신성인의 자세다.
자기들 몸은 가능한 한 씻지 않고 그대로 둔다.
아쉬운 것은 주위도 그대로 둔다.

"20230221"

곧 좋은 때가 올 거라는 거짓말에
또 하루를 헌납한다.

좋은 때가 있기는 한 것인가?
힘든 오늘이 그중 하루일 수 있다.

그닥 어제보다 더 나을 것 없는 오늘을 산다.
그래도 예측 가능한 삶이 좋을 거라는
스스로의 위안과 관성의 법칙으로 살아간다.

거짓과 진실의 구분은 어떻게 할까?
결과가 판정하는 것일까?
과정이 판정하는 것일까?

시간만이 거짓과 진실을 구분할 수 있다.
어제의 거짓이 오늘의 진실이 되고
오늘의 진실이 내일의 거짓이 될 수 있다.

"20230517"

세상사 I

"이해가 안 되네."

입에 달고 산다.
가슴으로는 오해하고
머리로는 착각하여
세상사를 '이해'했다고
입으로 떠벌리지만
모두 자기만의 '이해'이다.

내가 사는 세상이니
그게 무슨 잘못인가?
'범용성 이해'는 여전히 천재를 기다리고 있다.

어찌 되었든
그 '이해'라는 걸 하면 세상사 살기 좀 쉬워질까?

"20230910"

감정도 말로 표현해야 감정으로 나온다./이어령

나에게는 다르게 다가왔다.
'감정을 글로 표현하니 감정으로 나왔다.'
그렇게 다가왔다.
듣는 사람 없는 독백이어서
그래서 글을 끄적였다.
감정이 흐르기 시작했다.

글로 쓰기 전까지
나는 내가 무엇을 겪고 있는지 몰랐다.
왜 그랬을까?
영원한 이별이라 그랬던 모양이다.

만남이었다면
'말로 표현하니 감정으로 나온다.'
그렇게 다가왔을 것 같다.

"20230219"

인생 연대기

바다의 파도 끝에 물이 잠깐 멈추는 순간이
우리의 인생이다./C.S 루이스

너무 짧은 인생인데
머뭇거릴 시간이 있는가?
어느 길로 가야 할까?
보이는 대로 가야 할까?
아무 곳이나 갈 수 없지 않은가?
그렇다고 안 갈 수는 없지 않은가?

가지 않으면 세월에 흘러가고
생각하지 않으면 어디로 가고 있는지 모른다.
생각하며 가고
가면서 생각하고
겨우겨우 세상을 좇아간다.

"20230909"

엔트로피 II

진화는 엔트로피가 감소하는 방향으로 진행된다.

절대 법칙이 무너지는가?
아니면 진화론이 무너지는가?

일부에서는 진화론이
엔트로피 증가법칙에 위배됨으로 인해
진화론에 부정적인 시선을 보내기도 한다.
통치는 것이 이렇게 무섭다.

좀 힘들기는 하지만
상세하게 열린계, 닫힌계 등
이것저것 따져서 분석해 보면
엔트로피 증가법칙은 그대로 유효하다.

“20220908”

종교와 철학

신앙이 단순히 믿음만으로 지속 가능하겠는가?

종교는 인간의 본성과 그에 따른 심리를 꿰뚫어 보는
혜안으로 인간을 이끌고
철학은 인간의 이성과 그에 따른 사고를 무기로
삶의 본질을 캔다.

인간이 존재한다면 인간의 본성도 존재한다.
이런 인간의 본성을 꿰뚫어 본다면 어떻겠는가?
그게 신적인 존재다. 그래도 부족하다.
그래서 인간의 본성을 억제하고 본성으로 야기된
문제를 해결하는 삶의 지침을 반복하고 또 반복한다.
우매한 인간을 위해
때로는 초인적인 수행과 기적을 보여준다.

인간이 이성의 존재를 의식하게 되면서
철학은 막강한 무기를 얻게 되었고 이를 이용하여
과학적이고 이성적인 철학적 사고가 가능해졌다.

철학과 종교는 오늘도 삶의 위안을 준비하고 있다.

"20230128"

가난과 부자

가난한 자는 복이 있나니…/"마태복음"

탐욕의 집착에서 벗어나라./"숫타니파타"

기독교에서는
"마음이 가난한 자는 복이 있나니
천국이 그들 것이요."라는 말씀이 있다.

과거 스님 한 분이 낸 책 중에 "무소유"가 있었다.
불교에서 실제로 무소유 자체를
주장하지는 않는 것 같다.

사실 '게으른 부자'가 자본주의 사회에 사는
일반 보통 사람들 꿈 아닌가?

'물질적 풍요' '정신적 풍요'는 나쁜 것은 아니다.
욕망과 욕심은 인간의 본성이다.

다만 과함과 집착은 반드시 문제를 일으킨다.
인간의 본성을 제어할 수 있는 교육이 필요한 이유다.

"20230127"

이념

피는 물보다 진하다.
이념이 피보다 진하다.

참으로 희한한 주술이다.
자본주의니 공산주의니
좌파니 우파니
모른다고 사는 데 지장이 있는가?

추종자가 당장 이익을 보거나
손해를 보는 것도 없다.
그런데 입에 거품을 물고
상대방을 공격한다.

추종자가 허상을 두고
죽일 듯이 혀를 놀린다.
이념에 대한 충성으로
추종자가 얻는 물질적 풍요가 있는가?
물질적 풍요가 있다면
추종자가 아니라 지배계급에 대한 얘기다.

어디에서든 인간은 평등하지 않다.

"20230124"

거지가 자본주의를 옹호하고
거대한 자본가가 사회주의를 지지한다.

정신적 지배를 당한다고 생각해 본 적은 없는가?
사람이 이념을 위한 도구 정도인가?
인건비도 못 건지는 추종자일 뿐이다.

물질적 부패가 진행되면 타락한다.
정신적 부패가 진행되면 황폐해진다.
물질적 부패는 나만 잘산다.
정신적 부패는 남을 못 살게 한다.

권력자는 방향만 제시한다.
이념에 대한 진지한 고민도 없다.
권력 설계자는 행동지침을 전파한다.
단맛을 제대로 빠는 놈들이다.
돌격대는 반대파만 보고 그저 돌격만 한다.
대가리 깨지더라도 톡톡한 보상을 받는다.
어디에서든 인간은 평등하지 않다.

"20230124"

인간은 자신에게 정직하지 못하면 집착한다.

권력 주변인들과 상관없는
권력 불쏘시개파가 있다.
알게 모르게 가장 열성적이다.
권력의 단맛도 모르는데
충성도는 권력 주변인들보다 더하다.
그냥 열정 기부다.

인건비도 못 건지는데 목에 핏대를 올리고
침을 튀기면서 상대방에게 저주를 퍼붓는다.
여차하면 주먹도 날아간다.
정신이 지배당한다.

가끔 이념 전향자를 본다.
대단한 정신력의 소유자다.
이념의 노예가 되면
이별이 불가능한데 말이다.

사실은 자신에게 정직하지 못해서 이별을 못 한다.
정직하지 못한 것을 알고 나면 더더욱 집착한다.
인간은 모순덩어리다.

"20230124"

이념의 편향성은 이익이 되는 장사다.

언론은 진짜든 거짓이든 중도를 표방하고
어느 한쪽을 편드는 편향성은 금기였다.
승산이 없는 마이너 언론사들이
한쪽의 편향된 이념으로 기울었고,
반쪽의 절대적 지지로 급부상했다.
생존전략으로 볼 때 남는 장사다.

경제적 권력과 이익도 지배계급에 집중된다.
그들이 이념적 목표 구현에 만족하고
그대로 머물러 있을 거라 생각하는가?
착각이다.
누릴 수 있는 가장 호화롭고 사치스러운
물질적 풍요를 누리면서 영원함을 기획한다.

추종자들은 마치 자기들이 누리는 것처럼
정신적 만족 속에서 살아간다.
그렇게 정신적 지배를 당한다.
인간은 참으로 모순덩어리다.

"20230124"

주사위 놀이

신은 주사위 놀이를 하지 않는다./아인슈타인

'권선징악'이나 '인과응보' '사필귀정' 같은 것은
인간을 위한 교육지침일 뿐이지
신을 위한 행동지침은 아니다.

차원이 다른 세계에 사는 신을
이해하려고 해도 할 수도 없고 할 이유도 없다.

신에 기대어 이 세상을 살아갈 의무도 없고
단지 인간의 필요에 의해
신은 이용되고
다른 모습으로 소환될 뿐이다,

소환된 신은 주사위 놀이를 즐기는 것 같다.
딱히 인간사에 관여할 수 있는 게 없음에
그저 주사위 놀이를 통해
예측할 수 없는 권위를 보여줄 뿐이다.

신은 인간사에 관여하지 않는다.

"20230123"

사필귀정

뿌린 대로 거둔다.

'악'이든 '선'이든
실패를 최소화하려면
가능한 핑계 대비책이 많으면 좋다.
그래야 방해 요인을 미리 제거하고
성공할 수 있기 때문이다.

왜 '사필귀정' '인과응보'라 생각할까?
'악'은 자신의 입장만 생각하고 행한다.
즉 고려 사항에 불특정 타인이 없다.
핑계 대비책이 많지 않다.

'선'은 불특정 타인이 고려 대상에 포함된다.
핑계 대비책이 '악'에 비해 많다.
실행만 한다면 성공 확률이 높다.
대신 실행하기 위해서는 많은 노력이 필요해서
실행할 확률이 낮다.

"20230117"

상상 I

Imagine there's no heaven…,
Imagine there's no countries…,
Nothing to kill or die for
And no religion…/John Lennon

나라가 없는 세상
종교가 없는 세상
천국이 없는 세상
내 것이 없는 세상은
얼마나 평화로울까?
전쟁도 테러도 대부분 사라지고
고요한 평화가 찾아올 것이다.

내 나라와 네 나라로 편을 가르는 세상
내 종교와 네 종교로 편을 가르는 세상
천국과 지옥으로 편을 가르는 세상
내 것과 네 것으로 편을 가르는 세상이
우리 눈을 가리고
우리 귀를 막고
갈등을 유발한다.

"20230210"

상상 II

천국이 없다면,
나라가 없다면,
죽이고 죽을 게 없는
종교도 없고…/존 레넌

내가 죽지 않았음을 알려줘야 하기에 투쟁을 한다.
네가 죽지 않았음을 보여줘야 하기에 보복을 한다.
우리는 네 편과 내 편을 가르고
투쟁과 보복을 하면서
살아있다는 것을 증명하려 한다.
조용하게 살기는 애초부터 틀린 세상이다.
우리는 생명체라서…
존 레넌이 상상했던 세상은 결코 오지 않는다.

나만의 선은 '독선'이고 '악'이 될 수도 있다.
고려 사항이 너무 많으면 행하기가 어렵다.
그래서 '악'보다 '선'은 행하기가 어렵다.
나만 생각하면 편한데
굳이 남까지 생각하려니 힘들다.

"20230210"

삶은 어디에서 죽음과 만날까?

삶은 죽음을 짊어지고 살아간다.
슬플 때나 기쁠 때나
행복할 때나 불행할 때나
죽음은 조용히 뒤에서 지켜볼 뿐이다.

등 뒤에 있으니 볼 수는 없다.
죽음은 삶 앞에 나서지 않는다.
삶이 멈춰지는 날,
죽음은 조용히 삶을 거두어 간다.

그저 있다는 것은 알고 있으니
잠시 잊고 산다고
크게 죄가 되진 않을 것이다.

"20231128"

집행유예

시작은 나와 상관없고,
끝도 나와 상관없다.

그저 던져진 세상에서
언젠가는 끝이 있다는 것도
나와는 상관없는 듯이 살다가
막상 닥쳐왔을 때 깨닫는다.
'시작만이 나와 상관없는 줄 알았는데
삶은 나와 상관없이
신이 언제든지 끝낼 수 있는
집행유예 상태였구나…'

삶이 덧없기도 하고
오늘이 기적 같기도 하다.

"20231118"

존버하다 보면 좋은 날 온다고?

누군가는 끈기라고 하지만
누군가는 집착이라 한다.
누군가는 대단하다고 하고
누군가는 미련하다고 한다.
내가 세상을 살아가고 있는지
세상이 나를 살아가고 있는지
이러쿵저러쿵 말도 많다.

결과가 좋으면 모든 것이 좋다 하고,
결과가 좋지 않으면 모든 것이 안 좋다 한다.

"20220623"

무엇을? 왜?

삶은 무엇을 하기보다
어떻게 하느냐가 중요하다?

누군가는 이것을 하라 하고
누군가는 저것을 하라 한다.
누군가는 이렇게 하라 하고
누군가는 저렇게 하라 한다.
지 삶도 아닌데 간섭을 한다.
지 삶도 아닌데 아는 척한다.
결과가 좋으면 내가 잘한 덕이고
결과가 좋지 않으면 남의 탓이다.
정신 승리다.

"20231115"

나이듦

나이 들어간다는 것은 무엇일까?

주름이 늘어가고
흰 머리카락이 늘어가고
아픈 곳이 늘어가도

세상에 겪어보지 못한 일이 여전히 많고
나이가 깊어져
웬만한 아픔에는 익숙하리라 생각해도
여전히 처음 겪어보는 일도 있고
아픔은 여전히 아파 온다.

"그럴 수 있다."
어떤 일이 일어나도
이런 말을 할 수 있다면
나이 들어 어울리는 늙음이다.

"20231114"

감각의 장애

한번 지나간 것에 대한 무뎌짐은 익숙함인가?

처음 맞닥뜨린 것에 대한 무딘 감각과
한번 지나간 것에 대한 무뎌짐으로
감각의 장애는
익숙함과는 다르다.

이해와 익숙함이 다르고
그렇게 오해를 하면서
삶은 깊어만 간다.

"20231113"

기다림

좋아하는 사람에게 가장 큰 선물은 무엇일까?

나를 좋아하는 사람들은
나를 기다려준다.

너를 좋아하는 사람들은
너를 믿어준다.

기다림과 믿음은
그렇게 과하지 않게
약간은 모자란 사람처럼 가슴에 스며든다.

오늘도 기다린다.

"20231207"

비움

비움이 항상 채움보다 나을까?

비움이나 덜어냄이 현명하다는 것을
모든 것이 넘치는 시대에 살면서
몸으로 체험하고 있다.

그래도 인간의 욕심은 끝이 없는지라
넘침에 익숙해지면
모자람으로 인식하고
더 채우려 한다.
'다다익선'이라면서…

빈 곳간에서 인심이 나올까?
빈 수레나 빈 깡통은 요란하기만 하고
속 빈 강정은 실속이 없다고…

집착이 없는 채움은 큰 미덕이다.

"20231204"

택도 없는 제안 I

아이가 출생하여 초등학교에 가게 되면
이때부터 고등학교를 졸업할 때까지
최상의 숙식과 의료 서비스가 제공되는
공동 캠퍼스에서 공동생활을 하면서
차별 없는 최고의 교육을 받도록 한다.

우리나라 교육, 주택, 인구 문제는
웬만해선 해결할 수 없다.
우리나라의 역사적, 지리적 조건과 민족의 DNA 등
여러 가지를 살펴볼 때,
교육과 주택 및 인구 문제는 개별 사안으로 보고
접근하여 풀 수 있는 문제가 아니다.

냉정하게 문제를 풀 수 있는 방안에 초점을 맞추고
지엽적인 논쟁거리는 과감하게 쳐내야 한다.
먼저 자유 민주주의 국가에서
개인이 누릴 수 있는 모든 것을 다 누리면서
이 모든 것을 해결하는 것은 불가능하다는 것을
인정해야 한다.

"20220920"

아이가 출생하여 초등학교에 가게 되면
이때부터 고등학교를 졸업할 때까지
최상의 숙식과 의료 서비스가 제공되는
공동 캠퍼스에서 공동생활을 하면서
차별 없는 최고의 교육을 받도록 한다.

우리나라 출산율이 세계 최저라고 한다.
아이들의 교육 얘기가 출발점이자 종착점이다.

세부환경 1: 선생님 자격은 나라에서 관리하고 대한민국 내에서 최고의 대우를 해야 한다.

세부환경 2: 의료는 나중에 성인이 된 후에는 개인 주치의가 될 수 있도록 체계적이고 최상의 의료 서비스를 제공하게 한다.

세부환경 3: 학부모는 언제든지 자기 아이들의 학교생활을 모니터링할 수 있으나 관여할 수 없다. 정기적이고 지속적인 면담만이 있을 뿐이다.

"20220920"

아이가 출생하여 초등학교에 가게 되면
이때부터 고등학교를 졸업할 때까지
최상의 숙식과 의료 서비스가 제공되는
공동 캠퍼스에서 공동생활을 하면서
차별 없는 최고의 교육을 받도록 한다.

효과 1: 부자든 가난한 사람이든 서울 사람이든 시골 사람이든 누구도 예외 없이 아이를 입교시켜 교육을 받도록 함으로써 망국적 사교육비를 절감하고 교육적 차별을 제거한다.

효과 2: 의무교육에 필요한 모든 비용은 국가에서 지불하고, 관리를 함으로써 학부모들은 경력 단절 없이 생산활동을 할 수 있도록 한다.

효과 3: 금요일 저녁부터 일요일까지 그리고 방학 기간 동안 원하면 집으로 가서 생활할 수 있게 함으로써 청소년기의 학생과 학부모와의 유대감이 지속되도록 한다.

"20220920"

아이가 출생하여 초등학교에 가게 되면
이때부터 고등학교를 졸업할 때까지
최상의 숙식과 의료 서비스가 제공되는
공동 캠퍼스에서 공동생활을 하면서
차별 없는 최고의 교육을 받도록 한다.

효과 4: 유치원생에 해당되는 때부터 공동생활이 가능하도록 함으로써 학부모들의 사회생활에 지장을 주지 않도록 할 수 있다.

효과 5: 부모들은 아이들만 낳으면 고등학교 졸업까지 차별 없이 최고의 시설에서 교육을 받고 최상의 의료 혜택을 볼 수 있게 함으로써 출산절벽을 해결할 수 있다.

효과 6: 전국적으로 이러한 공동생활이 가능한 곳을 여러 곳 확보하여 차별 없는 교육을 받도록 함으로써 부동산 투기와 가격 폭등 및 수도권의 인구 과밀 등을 막을 수 있다.

"20220920"

가장 쉬운 일

이 세상에서 가장 쉬운 일이
남에게 충고하는 것이다.

익은 벼는 고개를 숙이고
조용히 자신을 돌아보는데
요즘 세상은 너도나도 모두 고개를 들고
성난 듯이 상대방을 노려보고 지적질을 한다.

인터넷 틈새 지식이
정작 알아야 할 핵심 내용을 압도하고
수십 년 전문가 얘기가
1분짜리 인터넷 지식인에 의해 매도당하고
팩트는 지하로 숨고
임팩트만이 날개를 달고 세상을 돌아다닌다.

짧은 글이 긴 글보다 시선을 끈다.
온갖 줄임말이 대화를 이끌고
공격적인 멘트가 토론을 주도한다.
화가 넘치는 사회다.

"20231226"

팬덤

'광신도'라는 말과 같은데
영어로 팬덤 정치라 하니 그럴듯한가?

소소한 오해가 참혹한 결과를 가져온다.
그 소소한 오해는
'말하지 않아도 알 거야.'라는 환상에서 비롯된다.

부부 사이에서부터 나라 사이에 이르기까지
정작 아끼지 말아야 할 상황에서
소통의 수고를 아끼다
참혹한 결과를 맞이한다.

'X인지 된장인지 꼭 먹어봐야 아는가?'
그렇다.
겉과 속이 다른 것이 너무 많고
꼬리가 몸통을 흔드는 세상이라
나에 대한 근거 없는 확신은 확고해지고
남에 대한 믿음은 점점 퇴색해져 간다.

또 확인하고 또 확인시켜야 한다.

"20230314"

거인의 어깨

거인의 어깨 위에서 멀리 보라.

1만 년 전 인간의 뇌나
지금이나 변한 게 없다.

요즘 우리가 고민하고 경험하는 것들을
옛날 사람들도 비슷비슷하게 고민하고 경험했다.

고전과 나이 든 사람을
무시하지 말아야 할 이유다.

거인의 어깨 위에서 멀리 보는 지혜가 필요하다.

"20230313"

공평

살아있는 삶에서 공평이 가능할까?

공평한 것은 주사위 게임이나 가위바위보 정도밖에
없지 않을까?
로또도 해당될 수 있지만
많이 사면 당첨될 확률이 높아지니 벗어난다.

이 세상에 태어나는 순간부터 불공평은 시작된다.
'기울어진 운동장' 같은 말장난만으로
불공평한 세상에 대한 울분이
조금이라도 풀리는 마법을 가져다줄지는 몰라도
공평한 세상은 오지 않는다.

세상에 태어난 사람은 반드시 죽는다는 것도
죽음 앞에서 모두 공평하다 할 수 있지만
과정을 따져보면 공평한 것은 없다.
태어난 순서대로 저세상으로 가야 공평하다.

공평하게 우리나라에도 석유가 콸콸 쏟아지게 할 수
없을까?

"20231122"

인터넷

조각난 지식과 채색된 신념이 정처 없이 인터넷을 떠돌아다닌다.

조각난 지식이 주인을 찾는 것이 아니다.
채색된 신념이 노예를 찾아 돌아다니고 있다.

집단 지성의 힘이라고 감탄한다.
노예가 될 준비가 되어간다.
그냥 조각난 순수한 지식이라면
얼마나 좋을까?
거기다 왜 채색을 할까?
하기사 그런 걸 기대하는 놈이 바보다.

왜 조각을 낼까?
전체를 감당할 능력이 없다.
채색하기가 쉽다.
책임도 없다.
효과는 있다.

"20231121"

신들의 MBTI는 무엇일까?

인간도 아닌데
신들의 MBTI가 무엇이냐는 질문부터 잘못되었다.
그래도 인간인데 무슨 짓인들 못 할까?

신들은 내향적인 것 같다.
딱히 인간사에 나서질 않고
방콕하고 있으니 말이다.

MBTI 분류로는 IXXX이다.

하나님도 부처님도 MBTI는 INFJ라 한다.

INFJ형은 조심해야 할 듯하다.
이 오염된 세상에 잘못 왔다고 빨리 데려갈 수도 있다.

"20231120"

탈진실

여론을 형성할 때 객관적인 사실보다 개인적인 신념과 감정에 호소하는 것이 더 큰 영향력을 발휘하는 현상이다.

왜곡되고 조작된 정보가 전염병처럼 퍼지는 현상을
인포데믹스(Infodemics)라 하고
그 어떤 것보다 빠르게 전염되어 퍼져나간다.

팩트(Fact)보다는
임팩트(Impact)에 더 열광하는 사회다.

여론은 합리적인 의견의 합이 아니라
편협한 해석의 집합일 뿐이다.
민주주의가 보통 사람들의 의견에 지나치게 의존하는
것 또한 치명적인 실수다.

여론은 책임지지 않는 사회가 둘러대는 핑곗거리에
지나지 않는다.

"20231214"

공짜와 가짜

이 세상에 공짜는 없다.

이 말이 맞다면,
'공짜로 얻은 것은 가짜이다.'
우리가 마시는 물과 공기, 햇빛은 거의 공짜다.
그리고 가짜가 아니라 진짜다.
공평한 공짜면 진짜이다.

나만의 공짜가 있다면 그것은 가짜일 확률이 높다.
사실 깨끗한 물과 공기는 공짜가 아니다.
우리의 많은 노력이 있어야 한다.

공짜는 가짜의 출입구다.
공짜의 얼굴도 아닌데 가짜인 것이 나타났다.
노력할 생각을 안 한다.
조금 귀찮아도 노력해서 주의를 기울이면
가짜임을 알 수 있는데 이를 게을리하다가
크게 망신을 당하거나 금전적인 피해를 입을 수 있다.

가짜 문자메시지에 의한 스미싱 피해 말이다.

"20231213"

미움

미움은 항상 내 어깨 위에 있다.

누군가를 계속 미워하기도 힘들다.
에너지가 있을 때나 가능한 일이다.
어깨 위에 항상 짊어지고 움직여야 하니
얼마나 힘들까?
삶이 끝나가는 사람에게도 미움이란 것이 있을까?

미움이란 게 그렇게 쉽지 않다.
칼날을 잡고 휘두른다.
내가 아프고 다친다.

누군가를 미워하지도
누군가로부터 미워할 짓도 안 했건만
환자도 거치지 않고
바로 세상을 마치는 사람도 있다.

"20221213"

대한민국

대한민국은 집단주의가 최고에 이른 사회다.

21세기에도 북한 같은 사회가 존재한다.
민족의 DNA가 집단주의에 적합한 이유 아닐까?
개인의 인권은 그렇게 중요하지 않고
네 편 내 편이 중요하다.

그런데 대한민국은 자유 민주주의 국가이다.
어떻게 자유 민주주의를 선택하고
지금까지 그 틀을 유지하고 있는지 모순이다.
아니 기적이다.

다시 되돌아갈 수는 없다.
자유 민주주의 맛을 본 이상
집단주의로 되돌아가는 것은 불가능하다.
사회 일부를 집단주의에 적합하게 설계하면
개인주의와 집단주의가 공존하는
이상적인 사회가 될 수도 있다.

"20221216"

행복 발견

행복은 어디에 있을까?

행복은 어디에 꼭꼭 숨어 있는 것일까?
숨어 있는 곳을 알면 완전 짱일 텐데.
나는 알 것도 같은데…
지나고 나니 이제 알 것도 같은데…
겪어보지 않으면 모를걸…
아무리 얘기해도 몰라.

바로 옆에 있다고
아무리 큰 소리로 얘기해도 몰라.
눈에 안 보이면 알 수가 없는데
어떻게 알겠어?

눈에 보이면 그게 행운이야.
세상에 그런 행운이 있을까?

"20221209"

욕심

내가 바라는 것이 있다면
때가 되면 내가 준비되어 있었으면 하는 것뿐이다.

세상은 참 아이러니하다.

평생 독립심 강하고 무능력을 거부했던 남자가
결국 말년을 요양원에서 보내고,

간 환자를 치료하던 의사가
간암으로 죽고,

외로움 속에서 죽는 걸 두려워했던 여자가
병원에서 홀로 죽어야 했던 이야기들 말이다.

내가 바라는 것이 있다면 때가 되면 내가 바라던 대로
내가 준비되어 있었으면 하는 것이다.

"20221109"

의료진 I

이 세상 모든 환자와 가족이 만날 자격이 있는
그런 의료진을 만나보고 싶다.

의료진은 환자와 환자 가족의 사정을
특별히 동정하지도 이해하지도 않는다.

질병 그 자체만을 보고 환자에 대한 감정이입은
직업상 금기시해야 한다는 불문율이 있는 듯하다.

그들만의 루틴에 따라 치료하고,
안 되면 그냥 안 된다고 하고 돌아선다.

한 환자를 살리겠다고 매달리는 의사는 거의 없다.
그들도 사회의 한 구성원으로 직업이 의료진일 뿐
우리와 같이 가족이 있고,
그들 나름대로 해야 할 일들이 있고,
그 일들은 우리 마음하고는 거의 상관이 없다.

"20220818"

의료진 II

기회는 순식간에 지나가고, 경험은 불완전하고,
판단은 어렵다./히포크라테스

의료진도 사람인지라
좀 더 환자 친화적인 의사도 있고,
츤데레처럼 환자에게는 냉정하게 대하지만
질병 치료에는 진심인 의사도 있고,
많은 환자를 대상으로 루틴한 진료를 바탕으로
루틴한 처방을 내리는 의사도 있다.

가장 문제가 마지막 의료진이다.
가벼운 질병들이야 아무 문제 없겠지만
심각한 질병인 경우에는
환자 치료 기회를 박탈할 수도 있기 때문이다.

예상에서 벗어난 증상이 나타나면
치료의 단순 부작용으로 치부하여
루틴한 치료를 지속하다가
소중한 시간을 놓치는 경우다.
공부 안 하는 의료진이다.

"20220818"

과잉보호

우리의 어머니들은 우리가 필요하다면 절대로
우리 곁을 떠나지 않는다.

동물들은 새끼를 낳으면 얼마간 데리고 있다가
스스로 먹이를 구할 수 있을 정도가 되면
매정하게 자기 영역에서 쫓아낸다.
같이 살아간다는 것은 극히 일부에 지나지 않는다.

동물의 세계에서는
수컷의 95% 이상이 암컷을 상대할 기회조차 없다.
일부 강한 유전자를 가진 수컷만이
암컷을 상대로 자기 유전자를 퍼뜨릴 기회가 있다.

사람은 왜 그런지
자립심을 키워주려고 하는 것은 비슷하지만
자식이 제대로 독립을 할 정도가 되지 않으면
아예 같이 살면서 평생 돌본다.
특히 어머니들은…

"20230805"

다행

우리의 어머니들은 우리가 필요하다면 절대로
우리 곁을 떠나지 않는다.

인간은 일부일처제가 대부분이라
야생동물의 세계와 다르다.

낳아서 기르다 보면
약한 자식도 있고
강한 자식도 있다.

강한 자식은 알아서 하다 보니 신경이 덜 쓰이고
약한 자식은 신경이 더 쓰이게 마련이다.

누구나 어머니는 누구인지 언제나 알고 있지만,
아버지가 없어도 아버지에 대해서는
어머니가 해준 말로 알고 있는 경우가 많다.

이 세상에 태어난 인간들은
어머니를 두고 있어서 참 다행이다.

"20230805"

정치가 I

원래 정치가가 되고자 하는 사람 중에 제대로 된 인간이 없다./윈스턴 처칠

수신제가 치국평천하(修身齊家 治國平天下).
이 말에 걸맞은 사람이 나와서
민주주의라면 선거를 통해서 정치를 하게 된다면
얼마나 좋을까?

아무리 훌륭한 후보자가 나와도
유권자가 알아보지 못한다면 어떡할 것인가?
여기서 훌륭한 후보자의 정의가 무엇인가?
후보자의 기본적인 자질은 얼굴은 두껍고
마음은 시커메야 한다.

사실 유권자의 집단 지성은 그리 믿을 것이 못 된다.
'좋아한다' '싫어한다' 등의 소위 인기투표는
그야말로 올바른 판단을 위한 '이성'을 제외하고
'감성'에 절대적으로 의존하는 그냥 팬덤이다.

"20231026"

정치가 II

모든 국민은 자기들의 수준에 맞는 정치가를 갖는다.
/조제프 드 메스트르

선거에 기반한 민주주의는 결국에 퇴보할 것이다.
유권자와 후보자 그리고 둘을 이어주는 공약을
바탕으로 한 발전은 있을 수 없다는 것이 자명하다.

유권자와 공약을 대하는 후보자의 심리는 간단하다.

첫째, 유권자가 그리 똑똑하다고 생각하지 않는다.
철저하게 자기보다 열등한 족속들이라 그들이 좋아하고
싫어하는 심리만 잘 파악하면 된다고 생각한다.

둘째, 철저한 지역이기주의와 지역일방주의에
기반해서 공약(公約) 아닌 공약(空約)을 만든다.

선거는 후보자와 유권자와의 속고 속이는 아사리판
개판이다.

"20231026"

공학

메가시티 서울 프로젝트를 두고
정치공학적 포퓰리즘의 접근이라고 한다.

'정치공학'은 위키피디아에서 이렇게 규정한다.
'유권자들에게 실질적인 이익이 되지 않는 형식적인 것을 정치인들의 이익을 위해 행하는 행위'라는 부정적인 뜻으로 쓰인다.

천연자원도 없이 전쟁의 폐허 속에서 '공학'의 열매로 경제적 기적을 이룬 나라에서 국민에게 기생충처럼 빌붙어 생명을 유지하는 부패한 4류 정치권들이 무슨 낯짝으로 '정치공작'이나 '정치술수'라는 어법으로 '정치공학'이라는 말을 떠들고 다니는가?

아무리 정치가 중에는 제대로 된 인간이 없다고 하지만 정치인들을 보면 참으로 인간의 부끄러운 민낯을 보는 것 같아 씁쓸하다.

그런 말을 쓰면 좀 그럴듯하게 보이는가?

"20240110"

신념

종교는 가난한 자를 위한 아편이다./카를 마르크스

종교적 믿음이든
어쭙잖은 신념이든

간결한 믿음과
깔끔한 신념이라면
보기에 불편함이 없을 듯하다.

가끔 중독된 사람들을 보면 불편하고 애처롭기까지 하다.

"20231023"

운과 우연

적절한 때에 적절한 곳에 존재하는 것을 운이 좋다고 한다.

인생은 운이다.
운은 타이밍이다.
우연하게 그때 거기에 있어
그 운을 가져가게 되는 경우가 많다.
그러니 너무 우쭐하지 마시라.

물론 운이 와도 준비가 안 되어 있으면
낚아채지도 못한다.

지금 운이 없다고 낙담할 바엔
언제 올지 모를 운인데, 평생 안 올 수도 있지만,
오면 낯짝이나 볼 수 있게 미끼라도 던져야 한다.
안 물면 할 수 없고…

인생은 확률게임이다.

"20231019"

숫자

현실성 없는 얘기는 대부분 숫자를 포함하지 않는다.

숫자가 없이 글로만 된 얘기는 감성에 호소한다.
약발이 없으면 확신을 위하여 숫자를 포함시킨다.
전제에 따라 숫자 의미가 완전히 달라지는데…

전제는 숨긴다.
목표에 맞는 충격적인 숫자를 만들어 낸다.
어설프게 이성적인 인간들이
확신을 가지고 옆 사람에게 얘기한다.
숫자는 함축성이 많고 간결해서 전염성이 강하다.
근거 없는 얘기와 숫자가 유령처럼 떠다닌다.
이제 목표는 스스로 달성된다.

누군가 숫자의 비현실적인 면을 얘기한다.
또 어설픈 인간들이
부지런하게 자기 분석결과인 양 떠든다.
조건을 달리하여 마지막 심폐소생술을 실시한다.
더 이상 약발이 없고 폐기처분 된다.

"20231018"

마감

나이를 먹는다는 것은 가능성을 버려가는 것이다.

젊을 때는 스스로 해볼 수 있는 상황이 별로 많지 않다.
대신 꿈은 무궁무진하다.

나이가 들어가면서 해볼 수 있는 상황이 많아진다.
그러나 꿈이 사라진다.

노인이 되면
스스로 할 수 있는 상황도 꿈도 사라진다.
그렇게 한 사람의 시대가 마감된다.

그게 슬픈가?
나이가 들기도 전에
노인이 되기도 전에
인생을 마감한 사람들이 많다.

삶이 있어야 꿈이라도 꿀 수 있지 않은가?
새삼 순조로운 마감을 꿈꿔본다.

"20231017"

무지 부지런함

무지(無知)한 부지런함은 미덕일까?

무지(無知) 속에서 부지런하지 않았다는 것에
우선 안도한다.

마냥 부지런한 사람은 그저 좋은 사람이다.
그런 사람이 똑똑하기까지 하면 부담이다.
게으른데 무지(無知)하지 않으면 다시 쳐다본다.
게으른데 무지(無知)하면 그냥 보지도 않는다.
무지(無知)한데 부지런하면 애처롭다.
무지무지(Very very) 부지런하면 다시 쳐다본다.

"20231016"

인스턴트 교양

인스턴트 교양이 괴물은 아니지만
좀비를 양산한다.

인터넷은 만물상 다이소 화개장터다.
있을 건 다 있고, 없을 건 없다.
알고 싶은 것을 가능한 한 바로바로 알려준다.
온갖 조각의 의견과 자료들이 쏟아진다.

믿고 싶은 대로, 마음이 가는 대로, 보고 싶은 대로,
내 생각을 뒷받침할 만할 조각만 찾으면 성공이다.
애초에 진실은 저 너머에 있다.
확증 편향의 끝판왕들은 그렇게 탄생한다.

남들의 이목을 끌고 싶어 하는 직업과 사람이 있다.
아무것도 없지만 있어 보이고 싶은 욕망.
무지에 대한 콤플렉스를 짧은 시간과
작은 노력만으로 살짝 가려질 수 있게
전체가 아닌 조각난 지식과 지엽적인 파편으로
인스턴트 교양인이 만들어진다.
있어 보이는 마네킹은 그렇게 탄생한다.

"20231014"

국민교육헌장

인간이 세상일을 모두 잘할 수도 없고,
다 못할 수도 없다.

과거에 '국민교육헌장'이라는 것이 있었다.
"우리는 민족중흥의 역사적 사명을 띠고…"로
시작하고, "타고난 저마다의 소질을 계발하고…"
라는 말이 있다.
타고난 저마다의 소질을 찾는 것이 정말 중요하다.

잘할 수 있는 것을 빨리 찾을 수 있으면 행운아다.
해봐야 잘하는지 못하는지 알 것 아닌가.
그런데 인생이 그렇게 넉넉하게 주어지지 않는다.

'하나를 보면 열을 안다.'
확률적으로 맞고도 틀린 말이다.
꼭 명문대 속에만 보석들이 있는 게 아니다.
숨은 인재를 찾아내고 더 나아가 적성에 맞고 소질을
계발할 수 있는 일을 찾아주는 게
진정한 리더들의 일이기도 하다.

"20231013"

자기 주도적

인생은 흘러가는 것이 아니라 채워가는 것이다./존 러스킨

우리나라 사람들은 '관계주의로 타인의 취향이나
선택에 따라 자기 의견을 바꿀 준비가 되어있는
관계 지향적인 삶의 태도'라 한다.

지정학적 위치가 낳은 최선의 생존전략이
우리에게 남겨놓은 DNA 영향 때문이다.
이러니 우리에게 자기 주도적 삶을 살아가는 것이
태생적으로 어려운 것이 당연하다.

관계주의는 배려와 눈치 사이에서 줄타기를 한다.
배려는 주도적 자기관리이고,
눈치는 수동적 자기관리이다.
힘이 있으면 상대방을 배려한다고 한다.
힘이 없으면 상대방의 눈치를 본다고 한다.

21세기에 대한민국의 조선인으로 살아간다.

"20230522"

가로세로

무슨 일을 어떻게 할 것인가?

어떤 일을 해야 할지 머릿속은 항상 복잡하다.
또 어떻게 해야 할까?

현실적이고 구체적인 계획은
많은 조건과 환경을 고려해야 하겠지만
가로세로 정도만 생각해도 현실적이 된다.
최소한 2차원적으로 생각해야 배신당하지 않는다.

인생은 길쌈 짜는 것과 비슷하다.
40줄일지 80줄일지 몇 줄일지
굵기는 얼마나 될지 모르는 주어진 세로줄 운명에
내 삶의 가로줄을 걸어 인생의 천을 짜간다.

세로줄과 가로줄이 잘 맞을 때는
기막힌 옷감이 만들어지고
그렇지 않을 때는
그저 그런 옷감을 짤 수밖에 없다.

"20230422"

운

인생성취의 8할이 운이다./"경제학이 필요한 순간"

의사였다가 경제학자가 된 어느 교수가 말했다.
"내가 기여한 바는 거의 없다.
태어난 나라가 50%, 부모 유전자 30%,
양육 환경 10% 이상, 그 외 10% 미만 등으로
그 사람의 소득수준이 결정된다."

암에 걸리는 요인을 조사한 바에 따르면,
암은 DNA 복제 중에 돌연변이가 발생하는 것인데
정말 우연한 발생이 50%,
유전에 의한 발생이 30%,
환경에 의한 발생이 20%이다.

살아있음의 기적에 감사해야 한다.

"20231003"

무지와 무식

아는 게 적다고 무지라 얘기하는가?

아는 것이 없는 것보다 잘못 아는 게 위험하고
아는 게 없는데 안다고 착각하는 게 위험하다.

인간이 세상을 안다고 얼마나 알겠는가?
모르는 게 위험하지는 않다.
좀 불편하지만 남에게 피해를 주지 않는다.

제대로 모르면서 안다고 착각하는 게 위험하다.
자신은 편하게 세상 살아갈지 모르겠지만
남에게 피해를 준다.
좀비 같은 인생들이다.

젊을 때 무지는 죄가 아니다.
나이 들어서 무지는 예의가 아니며
무식은 범죄에 가깝다.
다만 자신의 착각을 알아차리는 지혜가 있다면
집행유예다.

"20231022"

위험한 진실

무지한 자와 무식한 자 중에 누가 더 위험할까?

진실은 설명하기가 힘들다.
충격적인 진실은 반전이 너무 많아 더더욱 힘들다.

무지한 사람은 설명을 알아듣기 위해서 노력한다.
무식한 사람은
자기가 아는 게 많다고 착각하기 때문에
제대로 이해하려는 노력을 하지 않는다.
착각이 이렇게 위험하다.

잘못 알면서
그것을 깨닫지 못하고
더 나아가 진실에 다가가기를 거부하니
이렇게 위험한 게 있을까?

"20230823"

능력주의 I

잘되면 내 덕이고, 못되면 조상 탓이다.

우리의 출발점은 모두 다르다.
단지 어릴 때 이를 인식하지 못할 뿐이다.
커가면서 서로 다르다는 것을 느끼게 되고
어느 순간 어쩔 수 없는 차이를 알게 된다.

자본주의 사회는 능력주의 사회다.
능력주의는 성과주의다.
성과를 내기 위한 요건 중에서
우리의 노력은 얼마만큼의 지분을 갖고 있을까?

흙수저로 태어나 자수성가한 사람은 본인의 노력이
100%라고 얘기할 것이다.
만약 북한에 태어나거나 아프리카에 태어났다면
자수성가를 꿈꿀 수 있겠는가? 미국이라면?

우리의 노력이나 의지로 세상에 태어나지도 않고
태어나는 순간에 우리와 관련된 많은 것들이
우리의 의지나 노력과 상관없이 대부분 결정된다.

"20230822"

능력주의 II

인생은 타이밍이다.

아무리 운이 공평하게 주어져도
아무리 뛰어난 능력이 있어도
운과 때가 맞지 않으면 성과를 얻을 수 없다.

잘되는 것은 "운때를 잘 만난 덕분입니다."
잘 안되는 것은 "운때를 잘못 만난 덕분입니다."

성과가 안 좋은 사람을 만났을 때
"당신은 참 운이 안 좋았군요."
내 성과가 좋았을 때
"나는 참 운이 좋았다."
이것이 여유 있고 품격 있는 인사다.

"20230822"

간접경험

사람은 전지전능할 수가 없다.

인간은 다양한 세상사를 경험한다.
그러나 살아서 100년을 직접 경험한다 해도
경험하지 못한 것에 비하면 극히 일부분이다.

인간은 간접경험을 통해서 보완한다.
대화, 책, 음악, 그림, 여행을 통해서
다른 사람의 경험을 내 경험으로 받아들인다.

간접경험을 즐기면
세상에 무엇이 있는지 조금 알게 되고
기억하고 복원하며 적응하다 보면
새로운 나만의 경험을 만들어 낼 수 있다.
세상과 부지런히 만나야 한다.

신께서 자기를 닮은 인간을 만들었다고 하나
결코 그 능력은 같을 수가 없다.
부지런히 인간의 한계를 넓혀가는 그 능력은
칭찬하겠지만 말이다.

“20230922”

내용과 형식 I

형식 없는 내용은 맹목적이고,
내용 없는 형식은 공허하다./칸트(순수이성비판)

내용 없는 형식은 빈 껍데기에 불과한가?
형식 없는 내용은 헛소리에 불과한가?

생각하는 바를 작성할 때,
무엇을 전달할지(내용), 어떻게 전달할지(형식)
둘 다 제대로 하는 게 맞다.

동사무소에 가면 수많은 신청서를 볼 수 있다.
신청자는 칸을 채워서 제출한다.
빈 종이에 필요한 내용을 적어 신청한다면?
가능할까?
양식은 단순히 행정편의주의에서 비롯된 것일까?
형식이 내용을 지배한다.

"20230921"

내용과 형식 II

형식이 내용을 지배한다./헤겔(대논리학)

눈에 보이는 형식이 없다고 없는 것이 아니다.
전달대상에 따라 어떻게 효과적으로 작성할까?
대상을 생각하며 내용을 작성한다.

작성한 내용을 어떻게 전달해야 효과적일까?
전달수단에 따라 내용이 조금씩 변한다.

형식이 내용을 지배한다.
언어가 사고를 지배한다.
방법이 내용을 지배한다.

고정된 형식은 생각의 확장을 제한한다.
자유로운 창조적 사고는
고정된 형식 위에서 꽃핀다.
그러니 고정된 형식을 욕할 필요는 없다.
창조적 사고를 위한 단계일 뿐이다.

"20230921"

양보

나보다 더 좋아하고 더 즐기는 인간이 있다.

잘한다고 생각했던 것이든
하고 싶었던 것이든
손을 놓아야 할 때
슬퍼할 이유는 없다.

잘한다고 착각해서
좋아한다고 오해해서
생긴 착오였다고 생각하면 그만이다.

세상 어딘가에서
또 다른 누군가가
더 잘할 수 있어서
더 좋아해 줄 수 있어서
양보한 것이라고 생각하면 그만이다.

"20230918"

기적의 해

거인의 어깨 위에서 멀리 보았다.

1665~1666년은 '기적'의 해라 불린다.
'런던 대흑사병' 시기인데 말이다.
뉴턴의 거대한 업적은
이 재앙의 시기에 세상에 나타났다.
대학교 휴교령, 귀향, 혼자만의 탐색은
23살 뉴턴의 연구성향과 맞았다.
운때가 맞았고 뉴턴은 준비가 되어있었다.
누구의 방해도 받지 않고
오롯이 혼자 이 거대하고 엄청난 일을 해냈다.

1665~1666년 두 해는
누구에게는 죽음을 가져왔고
누구에게는 거대한 업적을 가져왔다.

그의 능력은
천재일우의 기회를 낚아챘고
초인적인 결과를 인간 세계에 선물로 주었다.

"20230914"

편안함은 중독이다.

회사 사택이라는 것이 있다.
지방에 있고 복지 차원에서 직원들에게 제공한다.
전세금, 신규 청약 대금, 주택담보대출 등으로
아등바등 사는 서울 친구들이 불쌍하고
한편으로는 속물 같다.

세월이 흘러
회사를 나가야 할 때
아등바등하던 친구의 집은 서울에 있고
나는 지방에 조그마한 집 살 만큼의 돈만 있다.

알고 보니
옆자리 동료는 사택에 있었지만
아등바등하면서 서울에 집을 마련했다.

편안함은 중독이다.
중독은 감성을 증폭시키고
이성을 마비시킨다.
편안함이 범인이다.

"20230913"

국가 II

개인을 위해 국가는 희생하지 않는다.

그곳에 입사했다는 이유 하나로
그곳에 태어났다는 이유 하나로
집 걱정 없이 편안히 살 수 있는 세상이
가당키나 한 얘기인가?
우리나라에 천연자원이 풍부한가?
아니면 꿈도 꾸지 마라.

나라에서 모든 것을 책임지겠다는 정치인들
말을 들으면 무슨 생각이 드는가?
그런 사람의 머릿속에는
나라 곳간이 개인 곳간이라는 생각이 있고
곳간이 비어가면
다 같이 고통을 나누자고 고혈을 빨아 채운다.
고통은 믿는 자의 몫이다.

개인을 위해 국가가 희생할 것 같은가?
그런 일은 절대 일어나지 않는다.

"20230913"

멀리서 볼 때

멀리서 볼 때와 가까이서 볼 때
사람은 다르다.

뭐가 다르기에 사람까지 달라 보일까?

멀리서 볼 때는
결과의 장단점을 본다.

가까이서 볼 때는
과정의 장단점을 본다.

그러니 둘이 어떻게 같을 수 있겠는가?

결혼 전과 후가 한결같다면 대단하다.

"20230905"

법치국가

국민은 항상 옳은가?

법치국가 내에서
'법에 따른 정치활동'은 독재가 아니다.
어떠한 정치활동도 독재가 될 수 없다.
법적인 뒷받침이 없다면
불법이고 독재가 될 수 있다.

여론에 '집단 지성'과 '이성'이 있다고 믿는가?
그냥 평균값만이 있을 뿐이다.
한 반의 어떤 시험 점수의 평균이 60점이라 하여
학습의 지향점을 60점으로 한다면 어떤가?

법은 이런 60점대에서 뽑힌 사람들이 만든다.
어정쩡한 법은 없느니만 못하지만
국민 생활이 무난하면 법에 기댈 이유가 없다.
피해자와 가해자 모두가 불만인 이런 어정쩡한 60점대
법으로 나라를 통치하고 있다.

'국민은 항상 옳다.'라는 얘기는
감성팔이에 불과하다.

"20230815"

독재국가

현실과 이상은 달라도 많이 다르다.

목표지향주의는 문제가 없다.
목표지상주의는 문제가 있다.
당연한 말이겠지만
과정을 무시하고 법을 무시하고
목표를 달성하고자 한다면 그게 독재다.

'과정이 공정하다.'는 말은 무슨 뜻일까?
'기회는 균등하게'는 무슨 뜻일까?
대놓고 독재하겠다는 얘기다.
기회균등과 공정한 과정은 현실 세계에서는
달성 불가능한 이상향으로 강제적으로 하지 않으면
불가능한 얘기이기 때문이다.

머릿속에서 상상하는 이상적인 국가는
이상하게도 집단주의 또는 전체주의가 아니면
실현 불가능한 내용들로 되어있다.

"20230815"

한 번도 경험해 보지 못한 나라를 만들다.

인간이 세상을 살면서
'한 번도 경험해 보지 못하는 것'은 '죽음'뿐이다.
이 세상 사람들의 모든 경험을 합쳤을 때 말이다.
따라서 '죽음'에 관한 온갖 얘기가 떠돌아도
검증 불가능하고 사실을 믿기 어렵다.

한 나라의 통치 구호에 맞다고 생각하는가?
'경험'이 그렇게 경박스러운가?
나라가 PC방 게임할 곳인가?

한 번도 경험해 보지 못했으니
그것이 좋을지 나쁠지도 모르는 일 아닌가?

잘못되어도 모두 경험하지 못한 것이라
면피가 가능하다고 생각한 것인가?

"20230828"

이상향 I

너무 깨끗한 물에서는 물고기가 살 수 없고,
너무 살피는 사람에게는 따르는 무리가 없다.

너무 이상적인 나라에서는 인간이 살 수 없다.
신이라면 몰라도 인간이 살 수 있는 그런 이상적인
국가의 출현은 불가능하다는 것이다.
다만 조금씩 다가갔다 물러섰다 할 뿐이다.

카를 마르크스의 이론이 현실적 이상주의 국가 실현의
필요조건도 아니고 충분조건도 아니다.
즉 그의 과학적 사회주의 공산국가가 반드시
이상적인 국가의 실현도 아니고
이상적인 국가의 실현은
반드시 사회주의 공산국가도 아니다.
21세기에도 아직 이 지구상에 발붙이기에 실패했다.
그 이유가 무엇일까?

"20230827"

이상향 II

수지청즉무어(水至淸則無魚) 인지찰즉무도(人至察則無徒).

인간은 모순덩어리이다.
그런 모순덩어리가 살아가는 곳이
이론적으로 완벽하고 이상적인 나라라면
애초부터 인간은 그런 곳에 살 수가 없다.
역설적이게 모순적인 사회구조가
인간이 살아가는 데 있어 오히려 맞다는 얘기다.

카를 마르크스 추종자만 양산하고
앵무새처럼 한 세기 이전 이론을 떠받들고
이 땅에서 실현하겠다는 망상만 가지고
무슨 벼슬이나 한 것처럼 목만 빳빳하다.

자본주의는 실천을 했다.
한국에 세계적인 기업도 키웠다.
공산 사회주의도 실천했다.
북한에 해괴망측한 노동당원들만 키웠다.
실천도 이론도 다 실패했다.

"20230827"

종교

인간은 죽음이 두려워 종교를 만들었고
삶이 두려워 사회를 만들었다./허버트 스펜서

역사 이래 종교분쟁과 갈등으로
수많은 인간이 목숨을 잃었다.
지금도 수많은 내전과
국가 간의 분쟁 등은
보복과 대응으로 이어져
끝없는 죽음이 아직도 이어지고 있다.

복잡한 사회구조 속에서
계층 간의 갈등과
개인 간의 분쟁은
사회의 무관심과
개인의 고립화를 부추긴다.

인간의 삶과 죽음을 위해 사회와 종교를 만들었지만
이제는 이들이 인간을 공격하고 있다.

"20230826"

소고기

소고기는 남이 사줘도 먹지 말고,
돼지고기는 남이 사주면 먹고,
닭고기는 내 돈으로 사 먹고,
오리고기는 빚을 내서라도 사 먹는다.

영양학적인 측면에서 보면 틀린 말이 아니겠지만
사람의 입은 말이나 맛에 간사한지라
소고기 맛을 본 입은 소고기를 안 찾을 수가 없다.
'한 번도 안 먹은 사람은 있어도, 한 번만 먹은 사람은 없다.'라는 말은 소고기를 두고 한 말이 아닐까?

"소를 부려 지은 밥을 먹으며 그 소의 고기를 먹는 것은 어질다 할 수 없다."고 한 율곡 선생도 있고,
육식을 하지 않는 채식주의자도 있고,
소고기를 먹는 않는 종교단체도 있지만
맛으로는 육식에서 단연 으뜸이라 할 수 있다.
원인은 지방 함량 때문이다.

많이 먹으면 안 좋다.

"20230827"

조선 게 I

내가 할 수 없으면 다른 사람도 하면 안 돼.

게를 잡은 어부들이
뚜껑 없는 바구니에 산 채로 던져놓는다.
신기하게 뚜껑이 없는데
게들은 밖으로 빠져나오지 못한다.
어부들은 마음 놓고 게를 잡아넣는다.

바구니에 한 마리를 넣어놓으면
얼마 후에 게는 쉽게
자기 혼자 힘으로 빠져나온다.
여러 마리가 있을 경우,
한 마리가 위로 올라가면
게 습성상 그 게를 밑에서 잡아당겨
결국 아무도 밖으로 나가지 못한다.

'네가 잘되느니 모두 안되는 것이 낫다.'
'사촌이 땅을 사면 배가 아프다.'
'남이 잘되는 꼴을 못 본다.' 현상이다.

"20230709"

네가 할 수 있으면 나도 할 수 있다.

인간의 '질투심'과 '열등감' 때문에
세계 어디에서나 볼 수 있는 현상인데
한때 '조선 게'로 소개되며 미디어와 인터넷에서
'조선 게'로 떠돌아다닌 적이 있다.

아마도 우리나라의 나쁜 습성을 보다가
그 정도가 심하다는 생각에
누군가 자학 개그 심정으로
그런 글을 올리지 않았을까?
신빙성을 높이기 위해 '조선'이라는 이름도 넣고…
프레임을 씌우는 것은 무섭다.
'조선 게'라는 간단한 프레임으로

21세기 오늘도 우리는 대한민국 조선인으로 살아간다.

"20230709"

빠지지 않으면 못 빠져나온다.

빠져야 빠져나올 수 있다.
피하면 못 빠져나온다.
맺집이 없기 때문에 타격감은 항상 그대로다.

서로의 다름을 인정하고
그 다름 속에서 각자의 치열한 삶의 흔적을
간접적으로나마 공유하고 익숙해지면
'조선 게'에서 빠져나온다.

세상에 익숙해지는 것만큼 무서운 것이 없다.
처음의 타격감과 피로도의 정도는 점점 줄어들고
어느새 노력은 보상받을 수 있다.
조선 게는 게국이나 끓여 먹고…

21세기 대한민국 국민으로 살아봐야 하지 않을까?

"20230709"

냄비근성 I

통치면 진실의 구분이 사라진다.

빨리 끓는 것은 빨리 식을 수밖에 없고
느리게 끓는 것은 느리게 식을 수밖에 없는데
세상 빠르게 열정이 빨리 식는 것을 비판할 때 우리는
'냄비근성'이라 한다.

모든 게 '빨리빨리'에 맞춰지다 보면
지금의 중국이 우리를 능가한다.
그런데 '냄비근성'이라는 프레임이
우리에게만 씌어진 이유가 무엇일까?

빨리 끓고 빨리 식는 것은
중국이나 한국이나 똑같다.
이렇게 퉁치고 넘기면 진실은 저 너머로 사라진다.
무슨 이유로
우리나라만이 이런 프레임에 갇힌 것인가?

"20230630"

냄비근성 II

끝이 좋으면 모두 용서된다.

중국도 냄비근성 자질이 있다.
우리나라와 비슷하게
빨리 끓고 빨리 식지만
어딘가 누군가 식지 않고 지속할 수 있다.
문맹률은 높지만 14억 인구라는 걸 생각하면
우리나라 30개 정도가 모인 나라다.

프레임 문화는
결과우선주의와 퉁치는 문화가 합친 결과다.
결과만 보고 퉁쳐서 얘기하는 것이기 때문이다.
빨리빨리 결과를 내는 것이 미덕인가?
지금의 중국을 보면 '빨리빨리'가 우리를 능가한다.

냄비근성은
빨리 끓는 것은 빨리 식는 이치와
결과만 좋으면 나머지는 모두 용서되는
결과우선주의가 만들어 낸 진실이다.

"20230630"

친일과 항일 I

친일이라는 말은
일제 시대를 산 모든 사람에게 모욕이다.

그 힘든 시기를 경험하면서
나라를 찾기 위해 험한 일을 당한 사람이든
낮은 곳에서 숨죽이며 살았던 사람이든
오히려 항일이나 친일이라는 말을 하지 않는다.
알기 때문에 함부로 구분하지도 얘기하지도 않는다.

제대로 알지도 못하는 것들이 성을 내며 나댄다.
정치적 목적을 위해서 항일을 꺼내고
개인적 목적 달성을 위해서 친일을 꺼낸다.

역사에서 배우지 못하는 민족은 미래가 없다.
항일 후손의 힘든 삶을 보면 안타깝고
친일 후손의 여유로운 삶을 보면 억울할지라도
역사를 되돌리려는 행동은 하지 말아야 한다.
역사가 되풀이되지 않도록 하는 것이 중요하다.

"20230629"

역사를 되풀이하지 않는 것이 중요하다.

이념적 재단으로
친일, 항일을 구분하지 말고
정치적 목적으로
후손들이 이념적 프레임을 씌우지 말아야 한다.

부패한 정치권이 왜 나서서 나대는가?
정치적 목적을 위해서 자꾸 나서는 것 아니겠는가?
정권이 바뀔 때마다 친일, 항일도 바뀌어야 하나?

학계의 활발한 토론과 치열한 검증이 지속될 수 있도록
지원하는 것이 정권이 해야 할 일이다.
그래서 그러한 역사가 다시는 반복되지 않도록 하는
것이 그 역할이다.

학자적 양심보다는 개인적 신념이 지배하는 학계도
정치권의 무분별한 정책에 한몫을 한다.
한몫이 아니라 중추적 역할을 하는 것 같다.

후손들이 해야 할 일과 하지 말아야 할 일을 구분하지 못하고
나대는 꼴들이 가관이다.

"20230629"

영화는 영화다.

영화는 상상력을 더해서 만들어 낸 이야기다.
퉁치기의 대표작이다.
영화니까 그냥 퉁쳐도 된다.

자그마한 사실 하나에 다양한 상상을 덧붙여
그럴듯한 아니면 보여주고 싶은 결론을
전달하고 싶은 메시지에 담기 위해
극적인 요소들을 가미한 예술 작품이다.
영화는 영화다.

전달하고 싶은 메시지를 예술적으로 표현하는 것이
필요한데 그저 잔인하거나 찰진 욕을 하거나 토막얘기
나열식으로 관객 동원만 한다.

국내에서 많은 관객을 동원한 영화를 보면,
역사적 사실에 단순히 기대거나
편협된 계몽적 사상에 물든
영화가 많아 씁쓸하다.

"20230911"

상상과 현실을 구분해야 한다.

허구와 사실을 분간 못 하는 인간들이 많다.
이상과 현실을 구분 못 하는 인간들도 많다.
이런 인간들을 또 이용해 먹는 놈도 많다.
예술을 예술로 보고
영화는 영화로 보면 되는데
잿밥에만 관심이 많은
참 징글징글한 놈들이 많다.
영화를 만든 놈도
출연한 놈도
염불보다 잿밥에 관심이 많다.

영화는 영화다.
그런데 거기다 자꾸 의미를 덧붙이려고 한다.

"20230911"

하늘과 땅을 잇는 상상력이 인간에게 있다.

단테의 "신곡"과 중세 유럽의 '흑사병'을 연결시켜
탄생한 영화다.
"신곡"의 '지옥'과 흑사병의 '지옥 같은 시간'이
연결고리다.

단테는 "신곡" '지옥 편'에서 지옥을 발명했다.
단테의 "신곡"은 사후세계인 '지옥 편' 외에도
'연옥 편'과 '천국 편'이 차례로 완성되었다.
'신곡(神曲)'은 한 일본 작가가 붙인 이름이다.

어쨌든 '지옥'이라는 연결고리 하나로
퉁쳐서 영화가 나왔다.
디테일로 들어가면 "신곡"과 흑사병은
사실 아무런 연결고리가 없다.
"신곡"은 14세기 초반에 완성되었고, 흑사병은 14세기
후반에 시작되었으니 서로 아무런 연관성이 없다.

"20230906"

인페르노(Inferno) II

인구폭발은 지옥인가?

한 천재 생물학자는
유럽의 흑사병으로 인한 인구의 급격한 감소 이후에
르네상스 시대가 도래했다는 역사적인 근거를
믿음으로 지금처럼 팽창하는 인구로 지옥이 오기 전에
인구를 반으로 줄이는 바이러스를 퍼트리고자 하고
이를 막고자 하는 주인공과의 대결을 그린 영화다.

인구폭발은 온갖 지구상의 문제를 일으키고
결국에 지옥을 연상시킬 만큼
사람이 사람을 죽이는 미친 광경을 보게 될 것이라는
예상이 낳은 상상의 영화다.

우리도 그렇게 공부하고 고민하고
영화를 만들면 좋겠다.
이미 하고 있다면 다행이다.
관객 동원이 안 되니 투자를 안 하는 것인가?

"20230906"

통치는 습관

통치는 행동은
화투에서나 그 진가를 드러낼 뿐이다.

누군가의 잘못을 몰아갈 때
가장 쉬운 방법이 통치는 것이다.

과거 누군가의 잘못과
현재 누군가에 대한 이슈가
본질적으로 다르지만
비슷한 접점이 하나라도 있으면
나에게는 관대하지만
남에게는 아주 인색한 입들은
"다 똑같다.", "오십보백보다." 등으로 통친다.
침을 튀기며 씹는다.
그만한 안주가 없다.
졸지에 악질 범죄자와 동급 죄인이 된다.

"20230904"

프레임

잘 짜여진 프레임 하나가
천 마디 말보다 임팩트가 크다.

간단한 구호에 지나지 않는 프레임이 먹힌다.
통치는 프레임은 최고의 낚싯대다.

입에 착 붙는 '직관적 틀'을 만들어
보는 순간, 듣는 순간
바로 직관적으로 인식하게 만든다.

광고든 정치든 프레임에 갇히면
그 이미지를 벗어나는 게 힘들다.

"20230903"

옳고 그름

옳고 그름의 문제가 아니라 좋고 싫음의 문제다.

세상을 살면서
영원한 옳고 그름이 가능할까?
어제의 옳음이
오늘의 그름이 될 수 있고
오늘의 옳고 그름이
내일의 좋고 싫음으로
다가올 수 있는데 말이다.
옳고 그름이
그 존재 가치를 잃어버린 것이 아닐까?

옳고 그름의 구분에는 많은 노력이 필요하다.
요즘 세상은 노력을 필요로 하는 것을 싫어한다.
좋고 싫음의 직관적인 느낌만으로 판단을 한다.
감성의 전성시대다.

"20230902"

우리의 이름은 시간이 지나면서 잊히고
우리가 한 일을 기억해 줄 자 하나도 없으리니
우리의 삶은 구름의 흔적처럼 사라져 가 버린다.
햇살에 쫓기고
햇볕에 버티지 못하는 안개처럼 흩어져 가 버린다.
/'2장 4절'

사람은 두 번 죽는다.
육체와 영혼의 이별이 첫 번째 죽음이요
그의 이름을 기억하는 자가 사라져
이 세상에서 잊혀지고 불리어지지 않을 때
영혼은 이 세상과 영원히 작별한다.
사람으로부터 잊혀지지 않으면 죽지 않는다.
/"사자의 서"

세상에 남은 자들은
세상을 떠난 자들을 기억하는 것만으로도
그 역할을 한다.

"20230731"

더닝 크루거 효과

능력이 없는 사람의 착오는
자신에 대한 오해에서 비롯되고,
능력이 있는 사람의 착오는
다른 사람에 대한 오해에서 비롯된다.

능력이 없는 사람은 자신을 과대평가하여
자신감이 넘친다.
반면, 능력이 있는 사람은 자신을 과소평가하여
항상 의심하고 주저한다.
세상은 오묘하다.

능력 없는 사람이 자신을 과소평가한다면 어떨까?
자존감의 끝없는 하락이 상실로 이어지고
세상에 그들이 서있을 틈은 없다.

능력 있는 사람이 자신을 과대평가한다면 어떨까?
자존감의 끝없는 상승은 폭주로 이어지고
세상은 제어가 불가능한 괴물들의 천지가 된다.

"20230810"

피터의 법칙

어떤 조직이든 상위 직급은 무능한 사람들로 채워질 수밖에 없다.

당연한 얘기로 들리겠지만 '승진은 승진 후보자의 승진 후 직책에 관련된 능력보다는 현재 직무 수행 능력에 근거하여 이루어진다.'

이렇게 승진을 시키다 보면 모든 구성원들은 무능력이 드러날 때까지 승진을 하고 결국에는 수직적 조직 내에서 해당 직책에 대한 직무 수행 능력이 부족한 인원들이 단위 조직의 마지막 높은 직급에 몰리게 되고 자리만 차지하고 있다.
지금 맡겨진 일을 잘한다고
앞으로 맡겨질 일을 잘할 거라는 보장은 없다.

현재 성과도 중요하지만 구성원의 소질을 잘 파악해야 한다는 것이다.
현재 업무 처리 능력으로 윗자리를 맡기다 보면
아랫사람도 망치는 무능한 결과를 볼 수 있다.

"20230809"

빠른 세상

빠르게 움직이는 세상에서
시간을 더디게 흐르게 하는 방법은 무엇일까?

어릴 때 하루는 천천히 흘러간다.
나이 들어서 하루는 금방 지나간다.
나이 들어서 시간이 느리게 흐르게 할 수 없을까?

핵심은 익숙함이다.
익숙하면 빨리 흐른다.
낯설면 느리게 흐른다.

낯설고 새로운 것이 두려워
익숙한 길로만 다니고 익숙한 사람만 만나고
익숙한 행동만 한다.
시간이 빠르게 흘러간다.

낯설고 새로운 것들이
시간을 붙들어 주는 유일한 약이라면
그 정도는 충분히 할 수 있는 것 아닌가?

"20230808"

예술은 모방과 창조다.

미술 작품에 관심이 있을 줄 몰랐다.
여유가 있다면
관심 있는 작품을 사서 걸어놓고 항상 보고 싶다.

학창시절 미술 시간은
준비물로 항상 괴로웠던 기억뿐이다.
예술 작품을 감상하는 법이 따로 있는지 모르겠지만
'알면 보이고, 알면 들린다.'라는 것이 진리다.

'앎'은 '마법'이다.
들어봤던 화가 이름 하나,
책에서 봤을 법한 작품 이름 하나에도
벌써 작품에 빠져들 준비운동은 끝났다.

간접경험과 직접경험의 만남은
항상 예상을 뛰어넘는 결과를 가져다준다.

"20230724"

예술 II

예술은 배고픈 직업이 맞다.

도시락 반찬 콩나물은 좋아했지만
종이에 그려진 콩나물 대가리는 보기만 해도
머리가 지끈지끈했다.
그래도 그 당시 대부분이 그랬듯 유행하던 팝송은
열심히 들었다.

노래는 기억을 소환한다. 슬픈 기억이든
기쁜 기억이든 눈을 감고 들으면
파노라마처럼 그 당시의 필름이 돌아간다.

세상 살아가면서
경험한 바를 표현하는
문학과 예술은 배고픈 직업이 맞다.

배에 기름기가 끼다 보면
자기를 되돌아볼 생각도 의지도 없다.
표현할 게 없다.
어느새 창조적 역할에서
보고 듣는 관객으로 환승한다.

"20230724"

수박

겉과 속이 다른 수박은 비난받아야 하나?

노래를 듣다 보면
경쾌한 리듬과 박자에 무거운 가사를 지닌 노래가 많다.
미술 작품도 보다 보면
밝은 배경에 어두운 사연을 지닌 작품이 많다.

겉으로 보기에 멀쩡해도
안으로 많은 상처와 슬픔을 간직한 사람들이 많다.
겉으로 보기에 허접해도
안으로 상당한 능력과 영광을 간직한 사람도 많다.

직관적 감성 시대라 겉모습이 모든 걸 지배한다.
그리고 잠시 후에 욕을 한다.
자기의 경솔함은 쌈 싸 먹고
"어쩜 그렇게 겉과 속이 다를까?"
자기의 경솔함은 어쩔 수 없는 당연함이고
수박은 존재함이 잘못이라 한다.

수박이 요즘 힘들다.

"20230714"

세상사 II

이 세상을 알고자 이리저리 헤매도
세상은 알 수 없는 곳으로 흘러간다.

사람은 왜 세상의 이치를 알려고 하고
모르는 사람을 가르치려고 할까?

이 세상의 이치를 어디까지 알 수 있을까?
이치를 깨달은 세상은
예측 가능한 세상으로 흘러가고 있는가?
가르쳐서 사람들은 현명해졌는가?

선조들이 했던 오류들을
후손들은 오늘도 그대로 하고 있고
더 많은 문제를 일으키고
그로 인해 고통을 받고 있는데 말이다.
이 세상의 이치를 안다는 것은 욕심이다.

인간들이 많아져서 그런가?

"20230711"

세상사 III

세상은 익숙함을 이해로 착각하며 살아갈 뿐이다.

흘러가는 시간에
흘러가는 사람에
흘러가는 세상에
우리는 익숙해져 갈 뿐이다.
'익숙함'을 '이해함'으로 착각할 뿐이다.
착각 속에 오해도 있지만
살아가는 데 지장은 없다.

열 길 물속은 알아도 한 길 사람의 속은 모른다.
세월의 가르침으로
선조들의 가르침으로
역사와 기록의 가르침으로
이제는 모두 알게 되었는가?
거짓말 탐지기로 마음속까지 다 알게 되었는가?
자기도 속이는 게 인간이다.
뇌를 착각하게 하여 자기를 속인다.

"20230711"

질문

"왜?"라는 질문은 "때문에"라는 답이 존재할 경우에만 의미가 있는 것일까?

"왜 살아?"
무엇 때문에 살까?
딱히 이유가 있어야만 사는 걸까?
태어나서 지금까지
살아온 관성으로 또 살아가고 있는 중인데 말이다.

또 딱히 죽을 이유도
그럴 용기도 없고
생각해 보니 이따금 소확행들도 있고
머릿속은 이미 '살아야 한다.'라는 전제를 두고
그 이유를 찾고 있다.

"죽지 못해 살지."
탈출구가 없는 삶에서도
그저 그런 무료한 삶에서도
우리네 입에서 자연스럽게 나오는 말이다.

"20230709"

북망산 I

아는 것이 없는 사후세계에 일어나는 일이니
뭐라고 떠들든 크게 문제 될 성싶지는 않다.

이승과 저승 경계에 북망산이 있다고 한다.
거기에는 작은 주막집이 있고 주모가 살고 있다.

사람이 죽으면
이승에서 저승으로 가기 위해서 반드시
이 주막집을 지나야 한다.
주막에 들르면 주모는 술을 권한다.
주모의 유혹에 빠져서 웬만해선 다 술을 마신다.
그 술을 마시면 이승에서의 기억이 모두 사라진다.
일명 '망각주'이다.
죽은 사람의 넋이 저승에 갈 때
쓰라고 주는 노잣돈을 '넋전'이라 하고
망각주 값을 계산할 때 모두 쓴다.

"20230707"

다음 인생 회차 때 천재로 태어나고 싶은가?

저승에서 이승으로
다시 태어나기 위해서도
반드시 이 주막집에 들러 망각주를 마신다.
저승에서의 기억을 모두 지우기 위해서다.

가끔 주모가 권하는 망각주를 마시지 않고
몰래 버린 후에 이승에서 사람으로 태어나면
저승에서의 기억을 가지고 태어나기 때문에
이 세상에서 천재급으로 평가를 받는다.

어른이 되면 술 마시는 것을 당연하게 생각하고
습관적으로 마시다 보면 피해가 이만저만 아니다.
안 마시고 세상에서 얻는 즐거움도 만만치 않다.
혹시 아는가?
술 안 마시는 버릇 잘 들여서 인생 다음 회차 때
망각주 안 마시고 천재로 태어날지…

"20230707"

MZ세대 I

요즘 MZ세대들은 자본주의 맛을 안다.

'자본주의'나 마르크스의 "자본론"?
그게 뭐? 어쩌라고?

돈을 위한 처절함을 보았고
돈에 의한 신세계를 보았고
돈의 위력을 보았다.

한 방으로 그런 돈을 벌 수도 있음을 보았고
평생 기생충으로 살아갈 수도 있다는 것을
알고 있다.

어른들에게 MZ세대는 불안하고 종잡을 수 없지만
과거 기성세대들이 가지고 있었던 안 좋은
피해의식들이 옅어지는 것 같아 다행이다.
어설픈 이상주의자가 아니라 현실주의자라서
걱정을 던다.

"20230927"

판단 기준은 가성비다.

MZ세대는 돈으로 모든 것을 손에 잡을 수도 있고
돈 때문에 그 모든 것을 놓칠 수도 있다는 것을
어릴 때부터 경험한 첫 세대다.
돈과 돈의 마술을 구현해 줄 기술이
같이 존재하기 시작한 시대를 살아왔기 때문이다.

돈의 위력을 느끼기도 하지만
어쩔 수 없는 현실에 좌절감도 느낀다.
천국과 지옥의 이상과 현실을 왔다 갔다 하다 보니
양면성을 지닌다.

일반적 판단 기준은 간단하다. 가성비다.
감성적이든 이성적이든 최종적 판단은 가성비다.
물질적이든 정신적이든 투입대비 자기만족도가
크다는 계산이 나오면 앞뒤 가리지 않는다.
꽂힌 대상에 가성비 판단 기준은 폐기되고 지른다.
이래저래 어른들은 젊은 세대를 보면 불안하고 헷갈린다.

"20230927"

자본주의 I

자본주의자는 지독한 현실주의자이고,
공산주의자는 상상이 지나친 이상주의자이다.

자본주의자는 속물이라고
그래서 부패할 것이라고
그래서 무너질 것이라고

공산주의자는 세상 물정 모른다고
그래서 현실성이 없다고
그래서 될 리가 없다고

수만 리 떨어진 조그마한 나라에서
허울과 허상뿐인 이념들을
만고불변의 진리로 내세워
추종자들의 헛된 에너지만 사용하고
복잡한 세상 혼돈만 더한다.

"20230905"

자본주의 II

인간은 평등하지 않고 무소유에 무관심하지 않다.

어쩌다 손에 잡은 권력들이
용도 폐기된 철 지난 이념에 매몰되어
이미 오답 처리된 족보들을 들고
유효 기간 한참 지난 부패한 권력을 휘두른다.

소유욕과 평등욕구는 인간의 기본적인 본성인데
무소유와 완벽한 평등을 실천하는
이상적인 사회가 가능할 일인가?
인간의 게으른 이성이 만들어 낸 허상이다.

'인간은 평등하다.'라는 말은 희대의 거짓말이다.
인간과 개인은 다르다.
인간은 평등할 수 있으나 개인은 평등할 수 없다.

혼자 사는 것도 아닌데 무소유가 가능한 일인가?
무소유보단 '소유에 대한 집착'을 버리는 것이다.
열심히 일해서 많은 돈을 버는 게 왜 죄고 악이겠는가?

"20230905"

인간 불평등 기원론

어린애가 노인에게 명령하고
바보가 현명한 사람을 이끌고
대다수의 사람들이 굶주리고
살아가는 데 꼭 필요한 것조차
갖추지 못하는 판국인데
한 줌의 사람들에게서는 사치품이 넘쳐난다는 것은
명백히 자연의 법칙에 위배된다.
/"인간 불평등 기원론", 루소

어디서 많이 본 상황 아닌가?
10살짜리 애와 30대 애비라는 놈이
머리가 희끗희끗한 무리 앞에서 담배 꼬나물고
21세기 백주 대낮에
무슨 얼어 죽을 백두산 혈통이랍시고
꼴 같지 않은 지적질을 하고
인민들은 굶어 죽어가는데
온몸에 명품 걸치고
핵이니 미사일이니 쏘느라
앵벌이로 벌어들인 돈 처바르면서
좋다고 희희덕거린다.

이런 불량품이 하필 한반도에 있을 줄이야.

"20230528"

반구저기(反求諸己)

비겁한 사람은 모든 잘못을 남의 탓으로 돌리고
조금 현명한 사람은 자신의 탓으로 돌린다.
현명한 사람은 아무도 탓하지 않는다.

잘못을 세상 탓으로 돌리는 것이야 다반사 아닐까?
1990년대 김수환 추기경의 '내 탓이오'
스티커를 많은 차들이 붙이고 다녔다.
한동안의 유행으로 끝났다.
왜 그럴까?

"내 탓이오."라는 고백은 어렵다.
어렵다 보니 지속되기가 힘들지 않았을까?
메아 쿨파(Mea Culpa)!

제 허물은 티끌처럼 하찮게 보이고
남의 허물은 산처럼 거대하게 보인다.

목불견첩(目不見睫)이라
눈은 눈썹을 보지 못한다.

"20230530"

진실과 사실

진실은 언제나 여러 가지로 이야기된다.

맛있는 과일이 있다.
누군가는 사과라 하고 누군가는 Apple이라 한다.
누가 진실을 말하는가?
모두 진실을 얘기했다.

붉은 과일이 있다.
누군가는 "맛있다."고 말하고
누군가는 "시큼하다."고 얘기한다.
누가 진실을 말하는가?
모두 진실을 얘기했다.

'사실'은 하나인데 진실은 여러 가지로 얘기된다.
진실은 관찰자 시점이고
진실은 경험자 관점이다.
그래서 진실은 하나가 아니다.

'사실'은 무미건조해서 양념을 자꾸 친다.

"20230424"

아무도 탓하지 말라, 나 스스로 한 일이다.

살아남는 것이 승리인가?
존버 하는 것이 최선인가?

확률적으로 가능성 있는 얘기다.
살아남아야
오해를 풀 기회가 또 주어질 수도 있고
진실을 말할 기회가 또 주어질 수도 있고
능력을 발휘할 기회가 또 주어질 수도 있다.

확률적으로 실패할 가능성도 있는 얘기다
살아남아도
살아온 관성의 법칙으로 인해
오해가 오해를 낳고
진실된 얘기를 궤변으로 듣고
능력의 밑천이 금방 드러날 수도 있다.

"20221119"

누가 뭐래도 열정을 불태우면 된다.

앞에 있는 문이 닫히면
다른 문이 열리는 법이다.

무심하게 방향을 돌려
그쪽을 바라보면 바로 앞문이 된다.
밀어서 열고 들어가면 된다.
이미 닫힌 문에 집착할 필요 없다.

살아남든
다른 길을 가든
아무도 탓하지 마라.
나 스스로 한 일이다.

기회가 주어지면
위를 보고 추해지기보다는
앞만 보고 열정을 불태우면 된다.

"20221119"

고개를 숙이다 I

벼는 익을수록 고개를 숙인다.

땅에 발붙이고 사는 인간이 하늘만 보다가는
돌부리에 걸려 넘어질 수 있고
맨홀에 빠져 황천길로 갈 수도 있다.

어릴 때 동네 어른들께 고개 숙이고 인사 잘하면
떨어지는 떡고물들이 많다.
인사성 바르다고 칭찬받고
가끔 먹을 것도 받고 하니 고갯값이 상당하다.

사회생활 하면서 선배들에게 인사 잘하면
많은 것들을 배울 수 있다.
물론 너무 친하게 지내다 보면
나쁜 것도 같이 배우게 되니
어울리는 것은 가려서 할 일이다.

"20230829"

고개를 숙이다 II

고개를 숙이면 칼도 피할 수 있다.

나이 들어 골프 운동 나가도
고개 처박고 공만 봐야 한다.
공은 제 갈 길 찾아 날아간다.
뭐 그리 쳐서 맞은 공에 간섭할 게 있다고
냅다 휘두르자마자 고개 쳐들면
공은 대가리만 맞고 데굴데굴 땅을 굴러간다.
때로는 물에 풍덩 빠진다.
그때서야 고개가 저절로 숙여진다.
어떤 놈은 고개 쳐들고 하늘에 대고 욕까지 한다.
지가 잘못 쳐놓고 말이다.

휘두른 놈이나 휘두른 연장이나
맞은 공이나 무슨 죄가 있겠는가?
고개만이 죄인이다.

인생사
고개 숙이면 칼을 피하고
고개 쳐들면 목이 달아난다.

"20230829"

외나무다리 I

태어나 보니 고향 시골집 앞에는 갱변이 있었다.

날씨가 추워지면 그 갱변을 건너기 위해서
마을 사람들은 외나무다리를 놓는다.
굵지도 않은 완전 통나무다.

한겨울에 건너다보면
안 빠지기 위해서 너무 다리만 보다가는 빠진다.
갑자기 다리가 위로 올라가기 시작한다.
당연히 다리는 그대로 있지만
물이 흘러내려 가면서 일어나는 착시다.

일단 물에 빠지면
그냥 얕은 물 속을 빨리 걸어 벗어나야 한다.
젖은 채로 다리 위에 올라가면
다리 위쪽이 물에 젖고 곧바로 얼어서
영락없이 어른들도 미끄러진다.

"20230315"

외나무다리 II

웬만하면 어릴 때 추억은 미소와 함께 온다.

물이 얕아서 빠지면 신발과 바지는 젖는다.
뚝방에 앉아 마른 풀에 불을 붙여 옷을 말린다.
불을 붙이기 위해 갖은 방법이 다 동원된다.
학교 가야 하는데 그 짓을 하고 있다.
오후반일 때 대부분 그런다.

위쪽을 좀 평평하게 깎으면 좋았을 텐데…
그때는 그런 생각이 없었다.
그런 외나무다리라도 있는 것이 좋았고
건너는 것이 즐거웠고 빠져도 즐거웠고
다리가 위로 자꾸 올라가도 두렵지 않았다.
약간 걱정은 했지만…
아니다. 그 당시에는 큰 근심이었을 수도 있다.

지금 생각하면 그냥 빙그레 입가에 미소가 돈다.
내 무덤에 누워 내 인생을 돌아볼 때
이런 미소가 입가에 떠올랐으면 좋겠다.

"20230315"

인구절벽과 인구과잉

지금 인류가 안고 있는 모든 문제점은
인구가 지금의 반만 되면 모두 해결된다.

출산율이 0.7명 이하라고 한다.
우리나라 진화학자 한 분에 따르면
"지금 인구가 과잉이고
그것이 모두 문제의 출발점이다.
우리나라가 인구 감소의 선도적 역할을
할 수 있는 기회다."
내버려두자고…

영화 '인페르노'를 보면 같은 얘기가 나온다.
인류 재앙의 근원은 인구폭발에 있고
바이러스 개발을 통한 전염병으로 인구를 지금의
절반으로 줄이려는 천재 생물공학자와 이를 막기 위한
기호학자 행크스의 추적을 그린 영화다.

혹시라도 진화학자의 의견이 낭떠러지 앞에서 앞으로
내딛는 한 발짝이라면 끔찍하다.
눈 뜨고 사라지는 나라를 그저 바라볼 수밖에 없다.

"20231218"

Castaway

살아있음에 사람을 잃을 수 있다.

영화 '캐스트 어웨이'에서 주인공은 비행기 조난을
당해 외딴 무인도에 혼자 떠밀려 살아난다.
다행이라면 살았다는 것이지만
무인도에는 아무것도 없다.

어찌어찌하여 다시 도시로 돌아왔건만
약혼자는 이미 다른 사람과 결혼을 했다.
약혼자는 어찌할 바를 모른다.
그토록 살아있기를 기도했던 사람이 돌아왔는데
할 수 있는 것은 아무것도 없다.
이제는 살아있음이 아프다.

어찌하여 두 사람은 시간을 건너뛰어
다시 만난 것뿐인데 각자의 삶 때문에
이제 또다시 사람을 잃어야 하는가?

살아있음에 이 하늘 아래 사람을 잃어버린다.

"20231017"

성선설 I

호르몬과 자율신경 조절 실패는
의도치 않은 범죄를 낳는다.

우리 몸에는 100여 종의 호르몬이 있다.
사람의 성격분석도 모두 이 호르몬들의
강약 또는 과소에 따라 분류될 수 있다.

흉악범도 호르몬 조절에 실패했을 수도 있다.
선천적으로 특정 호르몬 과다 분비로 인해
행동 자체를 제어하거나 조절할 수 없는 상황이다.
성 관련 범죄자들의 경우가 특히 두드러진 것 같다.

호르몬 비이상적 분비가 개인적 유전의 경우라도
교육과 환경이 중요하다.
유전적 요인이 있어도 발현되지 않고
잠재적으로 숨어있을 수 있다.
본능이 드러나지 않게 잘 관리해야 한다.

무덤에 들어갈 때까지…

"20230113"

성선설 II

호르몬과 자율신경은 우리 몸 60조 이상의 세포를
조절하고 제어하는 2대 요소다.

'성악설'과 '성선설'은 둘 다 맞는 얘기다.
혼자 산다면 성선설이 맞다.

사람은 혼자 살 수 없는 사회적 동물이며
모여 살 수밖에 없다면 '성악설'이 맞다.

자기 유전 DNA를 후세에 남기는 것이
본능이자 1차 본성이다.
잘 보존해서 남기기 위해서 사회적 집단 속에서
구성원들 간에 갈등과 경쟁이 있게 마련이다.
이것이 2차 본성이다.

개인적 1차 본성이 아니라 사회적 2차 본성을
넘어서는 것이 인간의 이성이다.
이럴 때도 교육과 환경이 중요한 역할을 한다.
어떤 환경에서 어떤 교육을 받았는지 중요하다.
본성이 드러나지 않게 잘 관리해야 한다.

"20230113"

예배 중입니다

남에게 피해 줄 것이 불 보듯 뻔한 곳에 주차하고
빼달라고 하면 전화 안 받거나 예배 중입니다.

정신적 안정과 평화와 더불어 천당에도 가고
기도로 소원 성취하고 인적 네트워크도 구축하고
조금 귀찮을 수 있지만 봉사활동도 하고
이런 좋은 곳이 어디 있나?

그런데 종교인구는 왜 꾸준히 감소하고 있을까?
종교가 주는 부정적인 이미지는 그 종교의 신도들
책임이 가장 크지 않을까 싶다.
이기적인 삶과 이중적인 삶, 그리고 종교 지도자의
정치 개입 발언은 역겹다.

예수를 믿지 않으면 구원받지 못하는가?
예수를 몰랐던 우리 선조님들과 조상님들은
모두 지옥에 가있는가?

"20230110"

인간과 개인

인간은 평등하다. 그러나 개인은 평등할 수 없다.
/알렉시스 카렐

개인은 모두 다르다.
다름에 감사해야 한다.

타인과 생각이 같고
행동도 같고 성향도 같다고 생각해 보라.
즐겁고 평화가 있을 것 같은가?

천년을 견디는 돌벽은
큰 돌과 작은 돌,
온전한 돌과 깨진 돌,
둥근 돌과 네모난 돌,
흰 돌과 검은 돌
다름이 천년을 견디는 평화를 약속한다.

같음이 다툼을 가져온다.
같음이 이별을 가져온다.

"20230105"

슬퍼야 사는 사회 I

한 명의 목숨은 가볍고 여러 명의 목숨은 무겁나?

대형인명사고가 나면
나라 전체가 슬픔을 강요당한다.
노래 방송이나 코미디 방송은 불가다.
사이비 전문가가 원인 규명을 벌써 다 했다.
과학적 원인 규명은 음모론이고,
빠른 일상 복귀는 염치를 모르는 것들이 하는 짓이라고
가치판단과 사실판단을 섞어버린다.
사실판단과 가치판단을 섞어버리면
진실은 저 멀리 달아난다.

사회가 엄숙하면 아름답고 기쁜 선율과
경쾌한 박자 리듬은 안 된다.
자기도 모르게 리듬 타면 안 된다.
무겁고 어두운 느낌이 들어야 한다.

사고를 사고로 받아들이고
노래를 노래로 받아들이는 마음의 공간은
언제쯤 볼 수 있을까?

"20221101"

슬퍼야 사는 사회 II

사고는 사고로 노래는 노래로 방송은 방송으로
애도는 애도로 그렇게 가야 한다.

사고든 질병이든
떠난 망자에 대한 예의가 무엇인가?
유족이 슬픔을 떨쳐내고 하루빨리 일상으로 복귀하는
것이 망자에 대한 예의다.
망자는 유족이 오랫동안 슬픔에 잠겨있는 것을 바랄
것이라 생각하는가?

일상으로의 복귀를 얘기하면
사람으로 기본적인 예의도 없느냐는 공격과 함께
지극히 계산적으로 망자를 이용한다.

친구가
동료가
모두가
감시조가 되어
남이 슬퍼하는지 감시한다.
같이 슬퍼야 사는 사회다.

"20221101"

창문과 거울 I

무언가 잘될 때는 창문을 보라.
그 너머에 보이는 모든 것들이
나를 도와준 결과다.
아무것도 안 보인다면 운이 좋았기 때문이다.
/짐 콜린스

사람 생각은 모두 비슷비슷하다.
잘되면 제가 잘난 덕이고
잘못되면 모두 조상 탓을 한다.

인간은 인류 역사 이래 별로 나아진 것은 없다.
뇌는 1만 년 전이나 지금이나 똑같고,
자기 잇속 챙기느라 바쁘고,
사기꾼의 혀는 오늘도 쉬지 않고,
자기만이 옳고,
억울한 나를 위해 보복한다고,
죽이고 약탈하고 전쟁은 끝이 없다.

적으로 둘러싸인 오직 나만이 인간다울 뿐이라 생각한다.

"20230205"

창문과 거울 II

무언가 잘되지 않을 때는 거울을 보라.
거기에 보이는 사람 잘못으로 잘 안된 것이다.
/짐 콜린스

태어날 때부터 교육을 시키고
수많은 솔선수범과 가르침으로
행동과 생각을 바르게 하도록 하고
규율과 법을 만들어 강제로 지키도록 하더라도
유치장과 교도소는 넘쳐난다.

'인간다움'은 약자들만의 공허한 외침일 뿐이다.
현실은 살아남은 강자들의 놀이터다.
살아남기 위해
누군가는 남을 해치고
누군가는 사기를 친다.
그래서 살아남은 강자들은 살인자요,
사기꾼이며 악마다.

내가 잠시라도 누리는 이 모든 행복이
약자들의 피눈물 위에 핀 꽃이라고
생각하면 겸손함이 조금이라도 나올까?

"20230207"

90 대 10

우리 인생은
우리에게 일어나는 10%의 통제할 수 없는 일들과
그에 반응하는 90%의 통제할 수 있는 일들로 구성된다.
(Life is 10% what happens to you
and 90% how you react)/Charles R. Swindoll

스티븐 코비도 이런 얘기를 한 것으로 기억한다.

붓다는 얘기했다.
첫 번째 화살은 누구나 맞을 수 있고 피할 수 없다.
그러나 스스로의 반응에 따라 두 번째, 세 번째 화살은
피할 수 있고 맞을 수도 있다.
고통은 첫 번째 화살만으로 충분하다.

첫 번째 화살은 누구에게나 일어나는 10%이고,
우리 반응에 따라 일어날 수도 있고 일어나지
않을 수도 있는 두 번째, 세 번째 그리고 N번째
화살 등이 90%다.

90 대 10인데 해볼 가치가 충분하지 않은가?

"20230217"

우리는 이 정도밖에 안 되는가?

우리는 일본을 미워한다.
어릴 때 일본 소리만 들어도 발끈했다.
다 같이 어쨌든 미워했다.
요즘 미워하지 않으면 졸지에 친일파로 몰리고
자칫하면 조상님들까지 친일파로 몰린다.

과연 누가 누구를 친일파로 단죄할 수 있는가?
그 시대를 살아온 사람에게
잣대 하나 잘못 들이대면
친일파 단죄의 주체와 대상이
서로 바뀔 수 있는 상황인데
경솔한 후손들이 함부로 나댄다.

항일 후손은 함부로 떠들어도 되는가?
항일 운동가도 그 시대 친일파를 공격한 적이 없다.
친일이라는 말 자체가 독립 이후에 나온 말이니까
그 시대 친일파는 없었다.
하물며 후손들이 무슨 권리로 편을 가르는가?

"20221202"

자발적 노예근성을 자랑하고 싶은가?

2019년 일본제품 불매운동이 한참일 때
우리나라 특유의 행태가 나온다.
많은 사람들이 자발적으로 참여했겠지만
이런 것에는 모두 참여해야 한다는 이상한 강박관념이
서로를 감시하고 강제하는
전체주의 집단주의병이 도진다.
작은 나라라서 그런가?
참여하지 않는 사람 사진을 찍어서 SNS에 올린다.
참여하지 않는 사람들에게 인권은 없다.

'노예근성'이다.
어떤 이기적 목적을 위해서는 인격의 존엄마저 스스로
팽개치는 사람을 '노예근성'을 가진 사람이라고 한다.
남이 그렇다면 무조건 그게 맞는 것으로 아는 행동도
'노예근성'이다.

어디서 배워먹은 짓인지 모르겠다.

기성세대에 물들지 않은
신세대들이 많기를 바란다.

"20221215"

저들에게 우리의 냄비근성을 증명이라도 하고 싶은 것인가?

모두가 자발적으로
아니 반강제적으로 참여해야 하는 불매운동에
알레르기 반응이 왔다.

일부러 유니클로에 갔다.
사진 찍고 싶으면 찍으라 하고
친일이라 하면 하라고 식으로 행동했다.

아무도 없는 텅텅 빈 매장에서 여유롭게
아이쇼핑하고 나왔다.

일본인들이 우리에게 가진 인식
'재네는 냄비야!'
이런 시선이 너무 싫지 않은가?

지금도 유니클로는 여전히 붐비고 있다.

"20221215"

이 민족은 선조들을 주머니 속 공깃돌로 아는가?

추종하는 이념의 잣대에 맞으면
있던 친일파 딱지도 떼고
안 맞으면 없던 친일파 딱지를 붙인다.
왜 이런 것을 부패한 정치영역으로 끌어들이는가?

정권이 바뀌면 반대 현상이 나타난다.
한 사람의 인생이
졸지에 부정당하거나 영웅이 된다.
무슨 주머니 속 공깃돌도 아니고
우리는 이렇게 쉬운 민족이다.

산속에 들어가 풀만 뜯어 먹으며 자연인으로 살았거나
이 땅을 떠나 살았으면 모를까
일본 치하의 땅에 살면서 도시든 시골이든
사소한 부역이나 그들의 묵인도 없이
먹고사는 일상생활이 가능했을까?
그들에게 있어 이 땅의 조선인들은
감시의 대상이고 청산의 대상이었다.

"20231110"

일제의 잔재 II

일제 시대를 경험한 사람은 나대지 않는다.

이 땅의 조선인들은 그 힘든 일제 치하에서
대부분 무슨 일을 하든지
그 일이 이웃 조선인을 수탈하는 일인지
동족을 괴롭히는 일인지 일제에 부역하는 일인지
일일이 알아보고 했겠는가?

때로는 아무 일도 아니니
협조하면 편할 것 같아 부역 아닌 부역을 이웃에게
권했을 수도 있을 것이다.

퉁치는 것을 좋아하는 민족이니
퉁쳐서 이런 모든 사람을 친일부역자로 만든다.
남을 씹거나 남을 비난할 때는 인정사정없다.

그 시대를 산 조선인들은
친일과 항일을 구별하지 않았다.
일제 치하에서 조선인으로 산다는 자체가 항일인데
살아보지도 못한 후손이 지멋대로 친일이니 항일이니
편 가르고 나댄다.

"20231110"

친일파는 존재했는가?

일본 식민지 정책은 그들 입장에서는 성공적이다.
패망한 나라의 낡아빠진 정책이
21세기 한반도에서는 질긴 생명력으로
아직도 그 전성기를 구가하고 있으니 말이다.

스스로 쟁취한 독립이었다면
친일파 청산이 쉽게 이루어졌을 수도 있다.
가해자가 피해자로 변신하기 전에
가해자와 피해자가 구분되고
가해자의 가담 정도에 따라 정리되었을 것이다.

책상머리에서 나온 한가한 예측에 불과하다.
조선인들 사이에 친일파 자체가 없었는데
어떻게 청산을 한다는 것인가?
이런 청산은 또 다른 청산을 부른다.

일제 침략에 놀아나고
없던 친일파 만든 동족에 놀아난다.
참 쉬운 민족이다.

"20231110"

우리의 사라진 항일 운동가는 제대로 발굴했는가?

외부 힘에 의해 얼떨결에 손에 쥐어진 독립에도
이 땅에 사는 모두가 저 잘난 덕분에 얻어진 것처럼
좁아터진 나라는 갈기갈기 찢겼다.
나라 빼앗긴 설움을 겪고도 또 그 짓을 한다.

일본 치하에서 산 것이 죄다.
죽지 못해 산 것인데 이것이 죄가 된다.
쪽팔리게 후손들에게 일순간에 친일파로 몰린다.
땅속에서 무덤킥 하고 쉬던 영혼도 돌아올 판이다.

친일파를 찾아내 단죄해서 역사적 교훈으로 삼아야
한다고 목에 핏대를 올리며 얘기한다.
해외처럼 부역자를 철저히 응징해야 한다고 한다.
더 알아보라. 더 다른 것을 알게 된다.

죄를 다룸에 있어 때와 장소에 따라 다르다면 무언가
잘못되었다는 생각이 안 드는가?
친일이 아니라 숨어있는 항일 운동가를 찾아낼 시점이다.

"20231110"

노예근성 I

인간은 노예근성이 필요하다?

성경을 보면 인간은 하나님의 노예다.

인간의 이루어짐은
하나님의 소명으로
하나님의 의지로
하나님의 주심으로
얻어지고

하나님의 뜻대로
인간은 살아가니
죽고 사는 문제도
걱정 없고 행복하다.

수많은 세월 동안 인간 뇌리에
잠재의식 수준으로
하나님의 목소리는
그렇게 인간의 노예근성을 철저하게 심었다.

“20231004”

인간은 교만해서 폭주를 한다.

왜 그랬을까?
성경은 왜 그렇게 인간을 노예화해야 했을까?
왜 그렇게
자기 이외의 우상을 만들지 말라 했을까?

하나님은 인간의 본성을
속속들이 알고 있었다.
인간의 폭주를 경계했다.
인간은 한계를 모르고
인간 스스로에 의한 성취에 취하고
스스로의 힘을 과신하고
그러다 보면 폭주를 시작한다.

폭주는 자신만 다치는 것이 아니라
주위 사람들도 같이 다친다.
인간은 끊임없이 교육을 시켜야 한다.
스스로의 힘으로 성취할 수 있는 것은
이 세상에 아무것도 없다는 것을 심어줘야 한다.

"20231004"

노예근성 Ⅲ

신은 인간의 본성을 누구보다 잘 알고 있다.

하나님은 인간의 사회적 본성을 알고 있었다.
인간의 자연적 본성은 선하지만
인간은 혼자서 살 수 없기에 모여 살게 되면서
인간의 사회적 본성은 필연적으로
이기적으로 변한다.
나를 위한 사회적 관계가
우선적으로 필요하기 때문이다.

끊임없는 교육과 규범 및 규제가 필요하다.
이것은 수동적인 사회적 관리에 지나지 않았다.
뭔가 원초적 관리가 필요하다는 것을 알고 하나님은
인간에게 하나님에 대한 노예근성을 심고자 했다.

나는 무신론자다.
친구 따라 교회에 가본 적도 있고
아내 따라 절에도 가봤다.

"20231004"

행복총량의 법칙, 불행총량의 법칙, 지랄총량의 법칙,
말썽총량의 법칙 등의 인생총량의 법칙이
또 희망 고문을 한다.

살다 보면 모든 것이 시간과 장소에 상관없이
지속적으로 이어진다는 것은
거의 불가능하다는 것을 안다.
어제의 행복이 오늘도 당연하고
내일로 이어져 미래에도 영원히 이어질 수 있을까?

어릴 때 말썽 없이 커서
나중에 큰 말썽을 부리는 자식도 있다.
그 반대도 당연히 있다.
어릴 때부터 나이 들어서까지 쭉 말썽만 부리거나
그러지 않기도 힘들다.

인생은 사이클이다.
파장, 진폭, 진동수 모두 다르다.
인간은 우열이 아니라 다름이다.

"20230520"

인생총량의 크기가 사람마다 다르다.
여전히 억울하다.

집 밖에서는 체면 때문에
세상 좋은 사람으로 행세하다가
집에 오면 온갖 지랄을 떠는 사람도 있다.

밖에서는 주위 사람들을 웃기고
재미있는 말도 많이 하지만
집에만 들어오면
그때부터 묵언 수행하는 사람도 많다.
인생총량 법칙은 유효하다.

인생은 사이클이고 복제품이 아닌 이상
파장, 진폭, 진동수가 다를 수 있는 확률이 훨씬 높은데
어떻게 같겠는가?
인생총량의 크기도 사이클도 다르다.
모두 다르게 태어난다.

"20230520"

우리가 한풀이 민족인 것은 틀림없다.

삶 자체가 한풀이다.
공부도 한풀이고
직업도 한풀이고
문학도 한풀이고
예술도 한풀이다.

대부분 가난하던 시절
아버지가 하던 일에서 빨리 벗어나는 것이 목표다.
옆에서 가난을 지켜보던 어린 자식은
빨리 커서 도와드리겠다라는 생각보다
하루빨리 이 환경에서 벗어나서
다른 일을 해보는 것이 소원이다.
어릴 때부터 아버지가 하던 일은 꼴도 보기 싫다.
개인적 한풀이 공부와 직업선택이다.

당연히 필사적이지만 부작용도 많다.

"20230725"

작가의 혼이 담긴 작품은 쓰기도 읽기도 힘들다.

"태백산맥", "토지" 등은 무지 긴 얘기책이다.
등장인물도 많고 읽기가 쉽지 않다.
하물며 작가의 노고는 짐작하기조차 어렵다.
어떻게 이런 것들을 마무리할 수 있었을까?

등장하는 인물들이 내뱉는 말을 보면
등장인물에 감정이입 된 작가의
개인 한풀이하는 작품 아닌가 하는 생각이 든다.
그러기에 할 얘기 많았을 것이고 긴 세월 동안 그 많은 얘기를 글로 풀었을 것이라 생각된다.

함축성보다는
직설적이고 적개심에 불타는 단어가 많다.
그것이 이야기를 이어갈 수 있는 원동력이 아니었을까 생각한다.
독자 맘이다.

현대사의 아픔은 또 그렇게 한풀이 문화의 하나가 되었다.

"20230725"

하나만 알고 둘은 모른다.

'지식인'들의 행태는 예나 지금이나 비슷하다.
사소하지만 상이한 것들만 확대 재생산하여
상대방을 배격하고 공격한다.
따라서 공통점을 기반으로 한
상대방과의 타협과 협조가 없다.
그러다 보니 지식인들은 사상적으로 편향되고
전체주의 경향을 보인다.

마르크스는
"지식인들은 언제나 사회의 기초를 허물어뜨려야
한다."고 했다.
그러니 소위 먹물 먹은 '지식인'들은
'이유 없는 반항'을 하는 게 습관이 되고
갈등을 조장하고 아무런 대안도 없이
때로는 현실성 없는 대안이나
잘못된 사실을 근거로
사소한 일면을 가장 중요한 논점으로
확대 재생산하는 데 전력을 다한다.

"20230517"

언더도그마(Underdogma) Ⅱ

대강밖에 알지 못하는 자는 교만하다.

'기성의 사회제도들에 몹시 반대하는 교육을 받은 매우
이성적인 사람들의 집단'이라고 스스로 '지식인'을
규정한다.

현실 생활에서는 늘 비타협적인 태도를 취한다.
상대방에게 일리가 있다 하여도 다른 비리와 같이
통쳐서 도매금으로 부정해 버린다.

그렇게 하는 이유는 '이 사회는 많은 문제점을 가지고
있고 그런 것들을 일반 대중보다 자기들은 많이 알고
있다.'라는 생각을 대중의 뇌리에 심는 것이
중요하기 때문이다.

자기들이 제기한 문제점들을 가지고 기존 사회나 조직
등을 무조건 공격함으로써 대중의 고달프고 평범한
일상적 삶으로부터 일시적이지만 이상향으로
도피하고자 하는 정신적 욕구를 충족시켜 주고
대중의 정신을 지배하고자 한다.

"20230517"

지식인은 자기 모순적 모습의 전형이다.

'지식인'들의 대중 정신 지배 욕구와
그에 따른 갈등 조장의 역할이 없다면
그들은 존재 가치가 없어진다.
그래서 죽어라 반대하고
문제점이 해결되면 그들이 죽는 거다.
이것이 지식인의 실체다.

지식인들이 자본주의에 적대적인 이유가
이제는 짐작이 갈 것이다.
자본주의는 치명적인 문제점에도 불구하고
지금까지 잘 굴러간다.
예전처럼 회사의 경영진이
무식하게 돈만 아는 자들도 아니고
'지식인'만큼이나 공부하고
기술에 있어 전문가들이다.
그들은 냉정하지만 합리적이다.

"20230517"

약자는 선하고 강자는 악하다.

'지식인'들에게 있어
자본주의 사회의 부자는 무조건 '악'이다.
부정한 방법으로 돈을 벌었을 것이며
누군가를 착취하고 있을 거라는
선입견과 편견의 두 마리 개를
진심으로 가슴속에서 키우고 있다.

'지식인'들은
자본주의 사회에서 살면서
자본주의의 온갖 혜택과 장점을 누린다.

누릴 것 다 누리면서
부의 축적에 대한 문제점을 지적하면서
그들의 존재 가치를 키우다가
지적받은 문제점을 고치더라도
대부분 공격을 멈추지 않는다.
공격을 멈추면 '열정이 식은 자'로 낙인 찍힌다.

"20230517"

언더도그마(Underdogma) V

지식인들이 세상을 만든 것이 아니고
실제적 기술이 있는 '보통 사람들'이
지금의 세상을 만들어 왔다./에릭 호퍼

혁신을 그 속성으로 하는 자본주의야말로 진보다.
/조지프 슘페터

지금의 세상을 보면 이해가 빠를 것이다.
자본주의 사회에서 혁신이 없는 기업은 도태된다.
진보와 혁신이 빠른 속도로 진행하는 과정에서
피해자가 나온다.
그들이 바로 '지식인'들이다.

문명 비판적이고 좌경적인 지식인들은
그 변화를 따라가지 못하고 낙오된다.
아니면 이중적 생활을 한다.
자신의 쓸모를 인정받지 못한다.
마음에 상처만 받는다.
그래서 그들은 자본주의에 비판적이다.

지식인은
그렇게 부지불식간에 낙오자 통보를 받는다.

"20230517"

호프 갭(Hope Gap)

언제나 배우자가 나의 모든 것을 받아줄 거라고
생각하는 것은 잘못된 믿음이다.

영화 '우리가 사랑이라고 믿는 것(Hope Gap)'은 29년
부부로 살아온 오랜 커플 이야기다.
29년을 살았다고
노년을 바라본다고 해도
언제든 결혼기념일은 끝날 수 있다는 것을 보여주는
영화다.

하고 싶은 대로 하고
상대방이 그냥 넘어간다고
그래도 되는 줄 알았다고…
상대방은 가정의 평화를 위해
제대로 대응하지 못했다고…

참으로
서로 다른 남이 만나 같이 살아가는 것은 힘들다.
대부분 한쪽의 희생이 있어 지속되는 경우가 많다.
집착하면 멀어진다.
'그래도 되는 줄 알았다.'는 이기심은
반드시 후회를 부른다.

"20220511"

숙제

인생은 숙제다.

어릴 때 학교 숙제는 커다란 짐이었다.
안 해가면 손바닥을 맞거나 청소 당번이다.
그러니 싫어도 해간다.
해간다고 선물을 주는 것도 아니고
아무 탈 없이 수업을 들을 수 있는 게 다다.

하기 싫어도 하는 게 숙제다.
그러다 보니 대충대충 하기도 한다.
남의 숙제 베끼기도 한다.

인생에서 해야 할 일을 안 하면
손바닥 맞거나
청소하고 지나가는 게 아니다.
안 하면 그대로 쌓여있다.
학교 숙제와 다르다.

인생 숙제라도 열심히 해야
숙제가 축제가 될 수도 있다.

"20220515"

심사숙고 I

심사숙고한 후에 행할까?
아니면 행한 후에 수습할까?

자동차를 운전할 때
심사숙고한 후에 운전을 한다면 어떨까?
운전이 제대로 될까?

자동차 운전도 안 배우고
일단 차를 몰고 나간다면 무슨 일이 일어날까?
사고를 낸 다음 수습하면서 운전을 배우면 될까?

자전거를 탈 때
우리는 심사숙고하면서 타지 않는다.
몇 년 만에 타더라도 잠시 버벅거리다 탄다.
몸에 익었기 때문이다.

우리가 하는 행동 중에 몸에 익은 것들은
심사숙고할 필요가 없고
오히려 그렇게 할 경우 문제가 생긴다.

"20220706"

심사숙고 II

나이 들어 신중함은 기본이다.

"세 살 적 버릇이 여든까지 간다."
몸에 익은 것은 고치기 정말 어렵다.

타이밍이 중요한 일들도
익숙한 습관처럼 신속하게 할 수 있다.
사례가 풍부하고 숙련되었을 경우에 신속한 결정은
가능하고 그것이 문제를 일으키지 않는다.

몸에 익은 습관도 아니고 타이밍도 중요하지만
정확한 판단도 중요한 일들은 당연히 심사숙고해야 한다.
이러한 능력은 머릿속에 근육을 키워야 가능하다.
근육이 있으면 자동적인 알고리즘으로 진행된다.

나이 들어 경솔함은 약이 없다.

"20220706"

장고 끝에 악수 둔다.

몸에 익은 알고리즘을 버릇이라 한다.
의식(意識)에 익은 알고리즘을 습관이라고 한다.

버릇은 몸에 밴 것이라 처음에 잘 들여야 한다.
나쁜 버릇은 남에게 피해를 준다.
그리고 고치는 것이 정말 어렵다.
가정 교육이 필요한 이유다.

습관은 노력을 통해서 익힌 의식활동이라
행동방식에 지대한 영향을 미친다.
습관은 미래를 바꾸고 운명을 바꾼다.

심사숙고도 습관화되어 있지 않으면
장고 끝에 악수를 둔다.
심사숙고라기보다는
신중함이라 하면 좋겠다.

"20230706"

인연

작은 인연들의
소중한 날갯짓을 꿈꾸며

해브피피

회복할 수 없는 일상과의 단절은
숨이 조여오는 고통이다.

상처 난 고통은
때와 장소를 가리지 않고 찾아온다.
아직도 '현재 완료 진행형'이다.

시간이 지나도
과거형이 아닌
'현재 완료형'으로 다가온다.

집착이 만들어 낸 결과인지 몰라도
그렇게 오늘도 아내를 기억한다.

"20230421"

이유

우선, 삶을 선택하자./제니퍼 마이클 헥트

왜 사는지 아는 사람이 있을까?
왜 알아야 하는지도 모르고
살아가는 게 사람인데…

아는 사람이라면
세상 살아가는 재미가 더 있을까?
알면 재미있는 게 세상 이치이니까…
글쎄다.

살아야 할 이유가
한 가지만이라도 있다면
인생은 살아야 한다고…
그래야만 한다고…
그게 맞다고…

근데 그게 그리 쉬운가?

"20220927"

'영원한 이별'에 익숙한 사람은 없다.

익숙한 것들,
함께했던 시간들,
떠나는 이별과
떠나보내는 이별.
지켜주지 못해서
떠나보내는 일은
어쩔 수 없는 무기력보다
훨씬 무겁다.

옴짝달싹 못 하게 두렵고
가슴 치게 먹먹한 이유는
'영원한 이별'이라서 그런 걸까?

'영원한 이별'이란 걸
글로만 아는 사람이
죽음을 보고 무엇을 느낄 수 있을까?

"20230417"

이별

머물러 있는 사람인 줄 알았는데
점점 더 멀어져 간다.
하루하루 이별하며 살고 있구나…/김광석

그저 내 옆에 머물러 있는
사람인 줄 알았는데
이렇게 떠날 수도 있구나.

하소연할 곳도 없다.
하루하루 낯설게 살고 있다.
어이할까…

"20220923"

이 세상 모든 환자와 그 가족이 만나고 싶어 하는 그런
의사를 보고 싶다.

환자를 진단할 때
진짜 명의와 가짜 명의 구분은 간단하다.
증상의 원인을 추적함에 모든 가능성을 열어두고
환자의 상태를 직접 듣고 싶어 하고 심사숙고하고
신중한 의사가 있는 반면에
자기가 알고 있는 것이 전부니까 그것에 환자의 증상을
꿰맞춰서 퉁치는 의사가 있다.

예상치 못한 환자 증상에 관심을 기울이고
새로운 질병 발생에 신경을 곤두세우는
의사가 있는 반면에
퉁쳐서 그냥 기존 질병의 부작용이라고
말하는 의사가 있다.
이 세상 모든 환자와 그 가족이 만날 자격이 있는
그런 의료진을 간절히 만나고 싶어 하는데
아직 멀었다.

"20220702"

환자 II

환자는 가질 수 있는 모든 질병을 가질 수 있다.
/존 히캄

아내가 구토를 하자
그냥 항암치료 부작용이라 한다.
단순한 부작용이라기보다
다른 증상 발현인 것 같았는데
그에 적절한 치료를 당장 해야 할 텐데
그냥 부작용이라 해서
당장 걱정은 덜했다.

뒤늦게 알아차리고
필요한 조치를 취해달라는 요청에
부랴부랴 협진하고 부산을 떨었지만
타이밍 놓친 치료는 아무 소용 없었다.
합병증이나 전이를 부작용으로 퉁쳤다.
전원까지 하면서 치료하려 했지만
한 달여 만에 아내는 떠났다.

"20220703"

살아남은 자의 몫

떠난 자가 그리워
그냥 그렇게 흘러가는 구름만 바라보다
같이 떠나고 싶은 사람들이 얼마나 많을까?

누가 그런 심정을 알아서 탓하겠는가마는,
이 세상에 남아
떠난 자를 온전히 기억해 줄 사람이
남아있는 그대밖에 없는데
그대마저 떠나면
먼저 떠난 사람은 누가 기억해 주고
그 누가 떠난 자의 이름을 불러줄 것인가?
떠난 자를 기억하고
그 이름을 불러줄 수 있는 것이
남은 자의 몫이라는데…

이 세상 사기꾼들에 둘러싸여
그렇게 빨리 가지 않아도 될 세상으로 떠났다.
어찌할 수 없었던 그 답답한 심정은 어떠했을까?
그 무서움은 또 어찌하고…

"20230209"

두 갈래 길

세상 모든 길은 두 갈래로 나뉜다.
간 길과 가지 않은 길…/로버트 프로스트

함께 가보지 못했던 길은
아쉬움 속에 영원한 이상향으로 남아있다.

곁에 있을 땐 보지 못하고,
아쉬운 이별 후에 보이는 뒷모습은
왜 이리 애잔하고 안타까운 걸까?

함께 가보지 못했던 길에
여전한 미련이 남아
이리저리
혼자 걸어가 본다.

"20220830"

소통

애도는
죽은 자가 살아남은 자에게 보내는 위로이다.

죽은 자와 살아남은 자 사이에서
소통을 해주는 자를
우리나라에서는 신내림을 받은 무당이라 한다.

떠난 자로부터 위로의 말을 전해 듣는다면
살아남은 자는 저 심연 같은 슬픔에서 빠져나오는 데
큰 도움을 받을 수 있을 것이다.

영혼 사이 소통을 주관하는 그들도
그 분야에서 전문가 아닌가?
소통에 관한 한
평범한 일반인보다 한 단계 위임에 틀림없다.

혼자 어찌해 볼 도리가 없을 때
찾아가 본다 한들 큰 흉이 되지는 않을 듯하다.

"20220811"

능동과 수동

인생의 양쪽에는
삶과 죽음이 서로 분리할 수 없게 붙어있다.

어느 한쪽이 없으면
다른 쪽도 존재할 수 없다.

누가 더 셀까?
서로 밀고 당기는 싸움에서
시간만이
언젠가 이 게임의 승자를 알려줄 것이고
그 승자는 언제나 죽음이다.

그럼에도 불구하고
삶은 항상 죽자고 덤빈다.
삶은 능동이고
죽음은 수동이다.

"20220803"

공평한 선착순?

삶을 항상 예측 불가능한 상태로 남겨놓는 것이
신의 역할이다.

군대 선착순 달리기는
사고력이 최저에 도달한 사람들에게
가장 최적이자
공정성에 있어서는
최악인 게임이다.

죽음도
이 세상에 온 선착순으로 되돌아간다면
공정할 텐데
갑자기 뒤돌아서 선착순을 실시한다.
뒤에 온 사람이 가장 먼저 떠나기도 한다.
신에 비해 능력이 떨어지는 인간들이니
이렇게 뺑뺑이 돌려도 되는가 보다.

인간 주제에 예측 가능한 삶을 사는 걸
신은 싫어한다.

"20220725"

뻔뻔함

얼굴은 두껍고, 마음은 시꺼멓다./"후흑학"

뻔뻔하고, 음흉한 사람을 욕할 때 하는 말이지만,
이렇게 뻔뻔하고 음흉해지기도 힘들다.
보통 사람은
소심하게 일탈도 해보지만
대의명분이라는 핑계 속에
행동하는 것이
몸은 힘들어도 오히려 마음 편하다.

나는 내 아내를 잃지 않았다.
아내는 서울에서 가까운 곳에서
우리가 사는 곳을 바라보며 누워있다.
서울에서 가까운 곳이라 자주 간다.
아내가 어디에 있는지 아는데
잃지 않은 것이 분명하지 않은가?
나의 아내는 멀리 가지도 않았고,
나는 아내를 잃어버리지도 않았다.

뻔뻔하다.
속은 타서 숯덩이가 되었다. 시커멓다.

"20220721"

29년의 기다림

1994년 가족과 함께 서울로 올라왔다.

29년 전 대덕연구단지 생활을 접고
아내, 아이와 함께 서울살이가 시작되었다.
LG와의 인연도 시작되었다.

어제 LG야구가 29년 만에 통합 우승을 했다.
1994년 서울살이 시작한 이래
처음으로 보는 광경이었다.

그동안 미뤄온 전자제품 살 기회가 생길 것 같은
기대감으로…
축하한다.

아내도 LG팬이었는데…

"20231113"

교차로

인생의 두 갈래 길이
삶과 죽음의 정거장에서 서로 교차한다.

삶이 죽음을 만나고
죽음이 삶을 떠난다.
영혼은 육체를 떠나고
육체가 영혼을 만난다.
각자 삶이 서로의 인생을 갈라놓고
각자 죽음이 서로의 인생을 만난다.
그렇지 않을 것 같은 이유가
당연한 삶을 앞서고
그래야 할 이유가
죽음 뒤에 줄을 선다.
교차로는 여전히 붐빈다.

"20231108"

건널목 안식

건널목 너머에 보이지 않는 안식이 보인다.

가끔 아내와 회사 앞에서 만날 때가 있다.
차도 건널목 너머에서 익숙한 체구가 걸어온다.

아내의 표정이 웃긴다.
나를 발견한 것 같은데 마치 못 본 것처럼
눈길을 다른 곳에 두고 의식하지 않고 있다는 표정으로
입을 오므리고 온다.

누가 봐도 벌써 나를 발견하고 의식하고 있다는
표정인데 혼자 영화 찍고 있다.

날씨가 더운지 어디서 일을 보다가 바쁘게 걸어온 건지
콧잔등에 땀방울이 송글송글 맺혀있다.

다시 볼 수 있었으면 얼마나 좋을까…

"20230315"

흑백

삶은 흑백일까?
삶은 컬러일까?

아내가 붙여준 내 별명이 단무지.
단순, 무대뽀 그리고 지~멋대로 하는 성격…
흑백의 삶이다.

흑백의 삶도 나름대로 매력적이다.
복잡하지 않게
컬러에 현혹되지 않고
강약과 여백이 존재하는…

그래도
알록달록한 타인과 섞여서
알록달록한 희로애락을 느낄 수 있다면
더 재미있지 않을까?

"20230303"

평범한 일상

하루하루
평범한 일상으로 돌아오는 것이
이렇게 어려운 줄을
겪어보고 나서야 깨닫는
이 우둔함을 어이할까?

어느 날 갑자기 나타나
사람을 홀리더니
이제는 제멋대로 사라져
사람을 당황시킨다.

무슨 대단한 부부애로 살았던 것도 아닌데
갑자기 떠나고 나니 애틋함이 더 올라온다.

"20230223"

익숙함

우리는 이 세상을 익숙함으로 살아간다.
이해한다는 착각과 함께…

이 세상에는
이해 가지 않는 일들이 너무나 많다.
크든 작든 기쁘든 슬프든
우리는 그런 이해 가지 않는 일들과 함께 살아간다.

시간은 우리에게 익숙함을 선사한다.
예상치 못했던 큰 고통도
'있는 그대로'의 익숙함으로
마치 과거에도 그랬던 것처럼 그렇게 흘러간다.

흘러가는 개울물처럼
작은 저항은 있겠지만 흘러 흘러서
모든 사연을 품은 강으로 바다로 간다.

영원히 사라지지 않을 것 같았던 고통도
'있는 그대로'의 익숙함으로 또 내가 되어간다.

"20230910"

2022년 동기

지성에서 영성으로…/이어령

아내는 이어령 선생 작품을 좋아했다.
누구나 좋아했던 것처럼…
학생 때 교양수업을 들었다는 얘기를
들은 것 같기도 하다.
책장에는 40년 전 "흙 속에 저 바람 속에"가
아직 꽂혀있다.

이어령 선생 좋아하더니 저세상 동기가 되었다.
2022년 동기: 이어령, 김지하, 강수연, 송해, 김정주,
허참, 조순, 김동길, 엘리자베스 2세, 펠레, 아베 신조,
고르바초프, 장쩌민, 올리비아 뉴튼 존 등등.

"20230220"

인연

그리워하는데도
한 번 만나고는 못 만나게 되기도 하고
일생을 못 잊으면서 아니 만나고 살기도 한다.
세 번째는 아니 만나는 것이 좋았을 것이다./피천득

처음 만나 설렘으로
다음 약속을 떠넘기듯이 하고
두 번째 만나서는
평생을 같이 가자고 약속을 했는데
세 번째는 아니 만나는 것이 좋은 듯
꿈에도 모습을 안 보여준다.

아내가
피천득 선생의 '인연' 좋아하더니
세 번째는 선생의 생각을 실행한다.
진정한 독자다.

"20231026"

팔복

슬퍼하는 자는 복이 있나니
슬퍼하는 자는 복이 있나니…
저희가 영원히 슬플 것이요./윤동주

순수한 슬픔은 정화수 같다.
마음속 깊이 자리하고 있던
욕심도 탐욕도
불만도 분노도
티끌도 더러움도
폭포수 같은 슬픔이 모두 씻어준다.
정말 팔복이라 해도
맞는 말이다.

순수한 슬픔을 오염되게 하지 마라.
상대방에 대한 분노가
팔복을 잡아먹는다.
오직 저희가 영원히 슬플 것이요.

"20230126"

아무것도 안 보이는 컴컴한 터널 속에서
아무것도 하지 않고 있는 것이 더 힘들다.

생각나는 대로,
떠오르는 대로 끄집어내어 토해내니
숨이 쉬어지고 살 것 같았다.

끄적이는 동안 다른 생각은 없었다.
뭔지 모를 답답함과 숨 막힘은
물속에 퍼지는 물감처럼
그렇게 속박을 벗어나서
자연스럽게 풀어지고 열어졌다.
한숨이 아니라
그저 정상적인 숨을 쉬고 싶었을 뿐이었다.

책을 내겠다는 생각은 처음에 하지 않았지만
'그래 볼까?' 하는 생각이 언뜻 들었고…
아내도 좋아할 것 같은 생각이 들자 그다음에 고민할
것은 없었다.
말이 되는 글이든 아니든…

"20231024"

앰뷸런스

앰뷸런스 소리는 아직도 듣기 힘들다.

지금도
앰뷸런스 사이렌 소리를 들으면
심장 박동이 빨라지며

차 안의 힘든 광경이
머릿속에 떠오른다.

이내 가슴이 저리고
아파온다.

저 앰뷸런스가 무슨 잘못을 한 것도 아닌데…

"20231022"

외로움

외로움은 견디고, 고독은 즐기라고 했다.

멋있고 그럴듯한 말 뒤에서
스며드는 현실은
언제나 비참하다.

얼떨결에
마주한 외로움에
어찌할 바를 모르다가
나도 모르게 깊어진 고독은
소통 장애가 되어간다.

그저 힘들 뿐이다.

"20231021"

힘든 계절

계절은 돌고 돌아
또 다른 꽃과 잎이 피는 계절이 왔건만…

너무 힘든 계절이 오면
슬퍼만 말고
또다시 좋은 계절이
반드시 올 것이라고 위로를 받는다.

시계는 돌고 돌아 제자리로 와도
시간은 흘러 흘러간다.
어제보다 반드시 더 기뻐야 할 이유도 없는 오늘과
오늘보다 더 슬퍼야만 할 이유도 없는 내일이
서로 이어진다.

무심한 시간이
나를 지나간다.

"20221119"

중년상처

범사에 감사하다.

청년출세,
중년상처,
노년빈곤은
인생에서 만나지 말아야 할 삼난이다.

50대 말에 홀아비가 되었으니
중년상처가 분명하다.
백년해로는 이미 물 건너갔고
노년빈곤은 막아야 하기에
무심하게 일을 하려 한다.

나이 들어가면서
별일 없는 하루가 고마울 뿐이다.

"20230725"

영속과 단절

정신이 육체를 지배한다?

따뜻한 온기가 있는 육체는
정신적 감응하에서 행복하다.

싸늘하게 식은 육체는
더 이상의 정신적 감응을 허락하지 않는다.

단절된 영혼과 육체는
더 이상 서로 감응하지 않고
각자의 길을 간다.

살아서 정신이 육체를 지배하다가
육체와 강제 이별 당한 영혼은 어디로 가는가?
이별이라 하지만
영혼의 단짝과는 분리가 힘들고
영원히 함께 간다고 한다.

"20231127"

당일 여행

네가 떠나는 날,
아무렇지도 않은 척 떠나보냈다.

하루 당일치기 여행 가는 것처럼
아무런 준비도 없이
그렇게 가볍게 보냈는데
밤이 되어도
그다음 날이 되어도
길을 잃어버린 것도 아닐 텐데
교통 카드를 잃어버렸나?
집을 놔두고 오지를 않는다.

"20220916"

납득이 가는

누구나 납득할 수 있고,
수긍할 수 있는 끝은 무엇일까?

이 세상에 오는 순서는 있는데
저세상으로 가는 순서는 없다.
나이 많은 사람이 젊은 사람보다 먼저 죽고,
젊은 사람이 나이 든 사람만큼 살다 죽는다면
납득하는 데 어려움이 없다.
그러나 죽음은 순서를 지키지 않는다.

신은 또다시 주사위 놀이를 멈추지 않는다.
오만한 인간이 납득할 만한 놀이는 하지 않는다.

"20231119"

우연과 필연

인생은 우연의 연속이다.

연인들의 우연한 만남에서 시작하여
남편과 아내로
부모와 자식으로
우연한 만남은 이어지지만

시작이 있으면 끝이 있듯이
만남이 있으면
반드시 헤어짐이 있게 마련인데
잠시 이를 잊고 있다가
훅 다가온 헤어짐의 아픔에 정신이 혼미하다.

'인생은 우연의 만남과
필연의 헤어짐의 연속이다.'
안다고 그다지 위로가 되지는 않는다.

"20231121"

남는 것

삶 속에 맺어진 인연들의 흔적들은
내가 떠난 뒤 어떻게 될까?

다른 삶들이야
또 그렇게 나를 기억해 주면 고맙지만
기억해 주지 않아도 될 정도로
바쁘게 자기들의 삶을 살다가 그치겠지.
걱정도 팔자다.

나와 인연이 닿았던 물건들은 어떻게 될까?
발 달린 짐승도 아니고…
운 좋게 또 다른 인연을 만나거나
아니면 천덕꾸러기처럼 취급받다가 없어지겠지.

그중에 유일하게 돈은 모두에게 환영을 받겠다.
가끔 불화도 함께 받는다.

"20231117"

망각

진실의 반대말은 망각이라 한다.

머릿속에 떠돌아다니는 기억과 생각의 조각들이
달아나기 전에 잡아채는 것이 요즘 일과다.
나름 진실되고자
부지런히 잊지 않으려 애쓰고 있다.

아내가 떠난 2022년 4월
이전과 이후는 많이 다르다.
나름 잘 견뎌내고 있다는 생각도 있었는데
순간순간 데미지가 느껴진다.

다행히 술은 2019년에 끊어서
필름 끊기는 일은 없다.
딸이 갖다 놓은 러닝머신에도
열심히 올라가 걷는다.

1층이라 층간 소음 걱정 없이 걷는다.

"20231120"

탁구경기

아내와 탁구를 치다가 이 세상 가장 웃기는 코미디를 보았다.

회사 회의실에 이동식 탁구대를 설치했다.
연습해서 영등포구 동호회 대표로 나가겠다고…

집에 가서 나의 계획을 아내에게 얘기했다.
아내의 대답은 간단했다. "해보슈."

어느 휴일 날에 아내가 회사 사무실을 방문했고
둘이서 시합을 했다.
아내 실력에 맞춰주기로 하고 그렇게 하는데
충격적인 얘기를 아내가 무심결에 내뱉었다.

"대표로 나간다고 하더니 내 실력과 별반 차이가 없구만."
어이가 없어서 스매싱하고 난리를 쳤다.
왜 저럴까 하는 표정이다.

같이 탁구를 치는 기적이 일어나면 얼마나 좋을까?

"20231016"

4월 21일

우리는 삶이건 죽음이건 제대로 아는 게 없다.

아내가 떠났다.
굳이 서두를 것도 없는데
미리 가서 기다리겠다는 건가?

치료 이상반응과의 투쟁으로
얼굴은 퉁퉁 부었고
머리카락은 하얗게 얼마 남지 않았지만
그래도 여전히 나에게는 정든 귀여운 모습이다.

눈은 멀어 보이지 않고
서서히 소리도 들리지 않는가 보다.
마지막으로
"씩씩하게 살아!"
그 이후로 목소리를 들을 수 없었다.

모든 게
고장 난 시계처럼 멈췄다.
2022년 4월 21일

"20220421"

사라지지 않을 권리

이 세상에 우리를 기억하는 사람이 있는 한
우리는 죽지 않는다.

사랑하는 사람을 잃은 슬픔은
영원히 사라지지 않는다.
시간이 지나면서
마음속 더 깊은 곳으로 숨어
자리를 비켜줄 뿐
사라지지 않는다.
부활을 하지 못할 뿐이다,

우리 기억 속의 슬픔은
글로 그림으로 음악으로 우리 앞에 나타난다.
부활이다.

한 사람을 가슴에 품고 기억하는 한
그 사람은 살아간다.
사라지지 않을 권리가 있다.

"20220907"

소녀

내 곁에만 머물러요.

떠나면 안 돼요.

…

나 항상 그대 곁에 머물겠어요.

떠나지 않아요./이문세

1980년대 중반 대학 시절에
아내가 좋아하던 가수가 불렀던 노래다.
학생 때도 좋아했지만
아줌마가 돼서도
콘서트에 동네 아줌마분들과 같이 갔다 올 정도였다.

"머물러요."에서
"머물겠어요."로 마무리되어서 좋다.
"떠나면 안 돼요."에서
"떠나지 않아요."로 마무리되어서 좋다.

"20230421"

잘 있습니까?

오겡끼데스까,

와타시와 겡끼데스./'러브레터'

메아리처럼 들려오는 안부인사
일본 영화에 나오는 한 장면으로
국내에 잘 알려진 영화 '러브레터'의 대사다.

잘 지내고 있습니까?
나는 잘 지내고 있습니다.

간결하고
많은 것을 담은 대사다.

"20230813"

Feliz Navidad

Merry Christmas!

오늘은 2023년 12월 25일
화이트 크리스마스 아침이다.
아직도 눈이 내리고 있다.
경기도 광주에 아내를 만나러 가는 길이다.

차 안에서 크리스마스에 어울리는 음악을 골랐다.
Boney M의 'Feliz Navidad'.
경쾌한 전주에 이어 Boney M 특유의 리듬과 박자 속에
목소리가 울려 퍼진다.

Boney M의 노래 리듬과 박자는 독특하다.
들으면 아… 하면서 다음에는 오…
수박도 있다.
'Rivers of Babylon'이 대표적이다.
내용 자체는 성경에 나오는 무거운 주제의
바빌론의 유수.
경쾌하고 단순한 리듬과 박자.
노래를 노래로 받아들이는 여유가 부럽다.

"20231225"

씩씩하게 살아!

되씹을수록 간이 있는 맛이다.

꺼져가는 생명줄을 부여잡고
쥐어짜는 목소리로
"씩씩하게 살아!"
힘겹게 한마디 뱉고
더 이상 말이 없다.

결핍된 자의
움츠림이 꼴 보기 싫었나 보다.

남아있는 자들이
지금까지 잘 수행하고 있다.
다행이다.

"20230801"

화려한 도시를 그리며 찾아왔네.
그곳은 춥고도 험한 곳
머나먼 길을 찾아 여기에
꿈을 찾아 여기에
괴롭고도 험한 이 길을 왔는데…/조용필

아내가 떠난 뒤
"어휴…"란 말이 습관이 되어버렸다.
가슴을 쓸어내리며 안도하는 말인지
지금 어찌할 수 없음을 알아차린 말인지
안타까운 생각 때문에 나오는 말인지
심정을 적당히 표현할 단어를 찾지 못해서
그런 것인지 모르겠다.

한바탕 꿈을 꾼 것 같다.
어디가 꿈인지 어디가 현실인지
혼자 있는 지금이 꿈인지
같이 지낸 지난날이 꿈인지
모르겠다.

"20230217"

일장춘몽(一場春夢)은 꿈이 아니다.

내 옆에 없는 게 진짜인지
내 곁에 왔던 게 진짜인지
왔다가 간 것이 진짜인지
사실은 하나인데
진실은 여러 가지다.

인생의 뒤엉킨 실타래는
시간이 실마리인데
당장 알아볼 심산으로 이리저리 궁리하니
헛소리가 나온다.
"어휴…"
애써 딴생각을 하고 시간을 기다린다.

"20230217"

말했잖아

내가 말했잖아, 슬플 땐 울어버리라고.
슬픔이 넘칠 땐 차라리 웃어버려…
/로커스트

생명력 넘치는 봄이 오면
나에게는 슬픔이 넘쳐난다.
노래처럼 웃어버릴 여유가 있을까?
넘치는 이 슬픔은 어떻게 해야 할까?

남은 자의 숙제를 다 하면 웃을 수 있을까?
지금은 남은 자의 몫을 간신히 할 뿐이다.
얼굴에 묻어나는 웃음이
아직은 사치처럼 느껴진다.

"20230319"

여정의 시작

외롭고 긴 여정을 시작하는 날
낯선 의미에 머리는 텅 비어있다.

아내를 데리고 떠나는 날 아침은
온통 하늘이 구름으로 덮여있었다.
간간이 창문으로 햇살이 비추기도 했으나
귀찮을 뿐이다.

머릿속은 텅 빈 채 '왜?'라는 의문도 사치스럽다.
부끄럽고 미안하고 안타깝다.

무슨 낯으로
끝없이 반복되는 자책과 반성을 할까?
또 부끄럽다.

창밖 4월은 자꾸 보자 하는데
그냥 숨고 싶다.

"20220430"

꽃가루

언제나 그랬듯 꽃가루는 날리는데
재채기 소리는 들리지 않는다.

모든 게 낯설다.
소소한 몸짓과
재잘거리는 말들이 사라지고
적막하다.

왜 보이지 않는 것일까?
말도 안 보이고
소리도 안 보이고
앞도 안 보이고
나도 안 보인다.

재채기도 없이
소리도 없이
뭔가 주르르 흐른다.

"20220503"

무력감

무력감을 온몸으로 느끼는 외로움이
사방이 고요하니 이렇게 와닿는다.

옴짝달싹할 수 없는 무력감을
이제야 느낀다.

매번
지난 후에야 알아가고 깨닫는
게으른 부끄러움이
감당하기 힘들다.

무지함과 미안함이
또다시 부끄럽다.

"20220513"

일상

아침에 눈을 떠서 저녁에 잠자리에 들 때까지
나는 나만 생각했다.

아내의 일상이
이렇게 넓고 깊게 박혀있는 줄 몰랐다.

사무실 창문에 비친 내 모습
긴팔 셔츠를 걷어 올리고 바라본다.

또 아내가 떠오른다.
열심히 일한 흔적과
어김없는 아쉬움이 다가온다.

또 부끄럽다.

"20220506"

글로 생각할 수 있어 감사하다.

글을 쓸 수 있어 더 감사하다.

요동치는 감정을 지멋대로 내버려두었더니

고요한 응어리가 되어간다.

들여다보지 않으니

내 감정을 내가 모르고

내가 모르니 제어가 안 되고

제어가 안 되니 엉망이 된다.

되는대로 글로 적어보니

조금 보인다.

보이니 움직일 수 있다.

오늘로 아내를 못 본 지 15일째다.

내일이 어버이날이다.

"20220507"

보통

이 답답함의 정체는
도대체 무얼까?

보통 사람처럼
외부 충격에
적당한 시점에
적당한 반응을
나타낼 수 있었으면 좋겠다.

뒤늦은 시점에
나타나는 이 간헐적 답답함은
쓰나미 같다.
밀어도 밀어도 밀려온다.
왜 보통 사람 정도의 능력도 없는 것일까?

"20220512"

사소한 기쁨

조그마하고 사소한 기쁨들이
커다랗게 다가온다.

커다란 기쁨은 산산이 부서져
알갱이처럼 뿌려져
흔적 없이 사라진다.

커다란 슬픔은
조각난 작은 슬픔으로 다가오다
어느 순간 쓰나미처럼 밀려온다.

아내는
시간이 갈수록 더 커진다.

"20220509"

도망시

다시 차마 안방에 들어가 보지만
내 집에 살아도 손님만 같구려./이건창

모든 것이 낯설다.
어디를 가도 낯설다.
내 침대에 누웠는데 내가 낯설다.

어찌하면 저승에 가 월하노인에게 애원하여
내세에는 그대와 나 처지를 바꿔 태어나서
천 리 밖에 나 죽고 그대 살아남는다면
이 마음 이 슬픔을 그대가 알아줄까./추사 김정희

아프고 답답하고 무겁고 헛헛하고 허전하고
고개를 돌리면 앉아있을 것 같은데
물어보면 금방 대답할 것 같은데
생각하면 할수록 어이가 없고 기가 막힌다.

오늘은 어제만큼 가슴이 아프지는 않다.
하루걸러 가슴이 아픈 게 일상이 되었다.

"20220531"

막재

마지막 고개를 넘어서 어디로 가는가?

어제가 아내의 막재였다.
많은 분들이 오셔서
아내 가는 길을 같이 배웅했다.
고맙고 감사드린다.

떠나서 어디로 가는지 궁금하지만
아무도 가르쳐 주지 못한다는 것을 알면서도
여기저기 기웃거린다.

온몸이 시큰하다.

“20220609”

살다 보면

눈물을 참는 것이야 이젠 어렵지 않소만
이 인생 몇 번이나 기쁨과 슬픔 겪을는지
가슴속엔 푸른 매실이라도 든 것처럼
이상하게 오래도록 시큰해져 오는구려./이건창

살다 보면
넘어지지 않을 곳에서
넘어질 때가 있다.

살다 보면
떠나보내고 싶지 않은 사람을
떠나보낼 때가 있다.

떠나보내지 말아야 할 사람 떠나보내고
어둠 속에 갇혀 짐승 같은 시간을 보내며
살 때가 있다.
살다 보면…

"20220804"

진실

진실은 여러 가지로 얘기된다.

사실은 하나인데
진실은 여러 가지로 얘기된다.
내 의지가 더해져
나만의 진실이 될 뿐이다.

아내가 떠난 것은 객관적 사실인데
아내는 아직 곁에 머무르고 있다.
그것이 내 진실이다.

이것이 누구에게 피해를 주는가?
살아가는 데 장애가 되는가?
진실과 사실을 구분 못 하는가?
내 마음의 평화만이 얻어질 뿐이다.

"20220927"